凌翔　主编　　　　　　　　

回忆是条归乡路

巍然　著

北京出版集团
北京出版社

图书在版编目（CIP）数据

回忆是条归乡路 / 巍然著 . — 北京 ：北京出版社，
2023.2
（当代作家精品 / 凌翔主编 . 散文卷）
ISBN 978-7-200-17837-1

Ⅰ. ①回… Ⅱ. ①巍… Ⅲ. ①散文集—中国—当代
Ⅳ. ①I267

中国国家版本馆 CIP 数据核字（2023）第 024018 号

当代作家精品·散文卷
回忆是条归乡路
HUIYI SHI TIAO GUIXIANGLU

巍然　著
凌翔　主编

出　　版　北京出版集团
　　　　　北京出版社
地　　址　北京北三环中路 6 号
邮　　编　100120
网　　址　www.bph.com.cn
发　　行　北京出版集团
印　　刷　三河市中晟雅豪印务有限公司
经　　销　新华书店
开　　本　710 毫米 ×1000 毫米　1/16
印　　张　15
字　　数　200 千字
版　　次　2023 年 4 月第 1 版
印　　次　2023 年 4 月第 1 次印刷
书　　号　ISBN 978-7-200-17837-1
定　　价　69.80 元

如有印装质量问题，由本社负责调换
质量监督电话　010-58572393

序一　忘却不了的乡愁

文 / 张新科

如今纯文学受到的关注似乎越来越少，但作家巍然一直坚守着对纯文学的信仰，呈现在读者面前的是长达 60 余万字的非虚构长篇散文集《袁庄原味》三部曲，即是他利用业余时间潜心多年创作的一系列较为全面、系统、立体地描写当代农村的纯文学作品。

老舍先生曾说："写文章要一句是一句，上下连贯，切不可错用一个字。每逢用一个字，你就要考虑它会起什么作用，人家会往哪里想。写文章的难处，就在这里。"巍然深谙其中之味，他告诉我，这三部散文集从构思到初稿再到定稿，断断续续持续了 10 余年时间，仅最后一次修改就用了半年多时间，主要用在炼字、炼句、炼意甚至炼标点符号上，有的篇章修改的时间甚至超出了初稿的写作时间。这充分彰显了作家的良苦用心及对文字和读者的敬畏。

十年磨一剑，这三部散文集不愧为巍然的竭尽心力之作。作家采用抒情诗一样温馨的笔触，多维度回忆，从心灵中过滤出乡村的图景与生活，仿佛立在河边的渔人撒出一张细密的大网，在岁月之河里把往事一一打捞了上来，亲人故交、童年野趣、饮食习俗、环境节令、庄稼果蔬、飞鸟家禽、花草树木、农具农事……有如一堆湿淋淋的新鲜鱼虾，欢快地跳跃着呈现在读者面前。它是大地的呈现者，细嗅清新泥土的气息；也是时间的洞察者，静观季节变化的旖旎。读着巍然用心用情凝结的文字，我被字里行间的浓浓乡情与袅袅乡音深深感动。从那蕴藉深厚、激情荡漾的文字里，得到情感的浸润和心灵的慰藉，真是一件快乐之事。

这三部散文集是鲜活的乡愁，是从记忆之河打捞上岸的永不过期的五味瓶、色彩斑斓的万花筒。它可以带着读者重温童年、故土，回味人类永恒的乡恋情愫。它亲切、自然，会让读者产生共鸣，仿佛邂逅知音，不忍释手。它会勾起没有农村生活经历的读者对田园生活的好奇和对自然与村庄的遐想。作家的笔下，有留恋也有感伤，还有着理性的审视。在巍然眼中，泥土就是泥土，树林就是树林，花草就是花草，颇有点儿乡村风情画的味道。岁月更改，容颜偷换，这一切人事变迁，被定格成某个历史的画面，作家并不加以过多的修饰和评价。他只是带着一丝忧伤和怅惘，站在儿时徜徉的池塘边上，轻轻拾起一粒小石子，朝水里掷过去，然后长久地注视着水面上漾起的小小涟漪，这是一个感受到岁月流逝的成年男子对往昔的深深眷恋。

村庄只是一个幌子，更吸引人的是作者对于村庄的臆想，对自我灵魂的探索，也即所谓的"乡村哲学"。在作家细腻温馨的文字中，其实蕴含着一些中国传统的道德观，比如阴阳更换、草枯叶荣、自然消长、世道轮回。巍然说："将来有一天，这个小村庄会不会从地球上消失？果如斯，我们这些漂泊在外的游子及孩子该到哪里去寻找自己的'根'……城市的每一寸土地，原来也是田园。有一天，它也许还会变成田园。"人类文明的生长，并非以毁坏自然为代价，在城市化的进程中，也未必一定需要摧毁田野的牧歌。巍然的笔下，有留恋，有感伤，但并没有强烈的情绪，偶尔的一点儿评论，也非常质朴，点到即止，让读者去发挥想象。这不仅是作家一个人的乡愁，也是一个时代的乡愁。

巍然的文字舒缓沉着、不紧不慢，体现了很好的心态和写作功底。作家大量采用了白描和细描的手法，将三部散文集分了近20辑，每辑一个主题，清晰明了。第一部《我是风筝你是线》基本是描述人物的，既有亲人，又有邻人，尤其是字里行间流露出的血浓于水的亲情，读来不禁令人潸然泪下；第二部《回忆是条归乡路》基本是描述事情的，巍然虽然在那里只生活了18年，但在那期间发生的事情却令他刻骨铭心；第三部《此物醉相思》基本是描述景物的，巍然虽然离开故乡已经30年了，但故乡的风物依然让他记忆犹新，跃然纸上。这样分类更便于读者阅读。这种对记忆的呈现，看似朴实、平直，甚至有些唠叨的表达，终极目的则是给情感寻找归宿。巍然遵循着审美快乐的原则，过滤了记忆中所有的不快，并在体验中发现了生命的力量，他的文字充满了正能量。有的文章虽较长，但读来让人感到津津有味，欲罢不能；有的只是千字文，却恰到好处，戛然而止，余音绕梁。这使我想到了围棋里的"长考"，而巍然所用的笔法分明就是长考。文章中的每一个字犹如一枚棋子，在"啪"的一声落地时，都是掷地有声，而落下之前却要历经多少跋涉与锤炼呢？不论是长篇还是短章，篇篇都直抒胸臆，无遮无掩，尽兴写来，时见率真。我喜欢巍然原汁原味的语言给人带来的那种贴近事物的感觉，像精灵一样悄无声息地带我回到日思夜想的村庄，永志不忘的故园。

作品的思想性、艺术性和可读性已经达到高度统一，尤其在广度与深度上是下了功夫的。作家借袁庄四五十年来的过往反映苏北农村的变迁，内容颇具代表性，可以说是中国农村变革的一个缩影。这三部散文集看似是农家话题，实则是人生课题，堪称近年来农村题材散文的精品，是读者了解当代农村的窗口，也是作者献给中华人民共和国成立73周年的一份礼物。

旧时光景，如今说来，都成梦寐。日影天光，依旧年复一年地照耀着袁庄，而这里的一切都与三四十年前大不一样了。

故乡在哪里？乡愁在哪里？只要读了巍然的乡土散文三部曲，就能找到答案。

序二　悠悠乡情从心中流过

文 / 钓翁归来

聆听乡音，回望故园，梦逐乡愁，这是当代作家包括读者甚为钟情、颇易共鸣的题材。乡情文学的源远流长与历久弥新，可以看成人们乡关情结的一种映照、一种托付。思乡怀旧，睹物抒怀，虽世异时移，而乡情文学之脉依然绵延，依然蓬勃。

军旅作家袁巍然，回故乡供职廿载。这期间，其文学创作再辟新畴，近年来，诗歌、小说、散文、各类随笔，他多有涉猎，佳作迭出。其中，这部长达 60 余万字的乡情系列散文，尤为醒目。作家以十年一剑之韧劲，倾其力，尽其才，朝夕勤勉，精进不已。作家纵横视野，多向发力，欣然遇见曾经滚打其中的那方泥土散发出浓郁的芬芳，曾经走过的那些河汉山脊呈现着美丽的模样，曾经欢腾的岁月飘荡着醇厚的情愫。乡音、乡情、乡愁交织叠加，连成一片，绘制了一幅幅潇洒俊逸的水墨画，演绎了一曲曲壮阔闳大的乐章。

铿锵步履，是军人的豪迈与气度，也见证着作家精神的振奋。家乡的山水风物、人事过往，无不赋予其天然的滋养与创作灵感。或在一个晨曦，或在一个黄昏，或源于一个物象，作家几回狂欢在故园，随想于童年、少年的自由、浪漫，陶然于溪水、山峦的俊朗、飘逸。作家徜徉在抽象的语境里，对往昔生存路径之选择，发出今天的追问，当然也会在父辈的谆谆教诲和鞭策中蓦然醒来。思考跨越时空，留下了太多的故事，太多的色彩，太多的趣味，太多的感动。

天空中没有留下翅膀的痕迹，但鸟儿已经飞过。当作家循着记忆的河床，去深度挖掘那些被尘封得近乎湮没的过往，再仔细体味那些隽永的意趣，就自然地创造出一系列耐人寻味的文字来。

岁月的风铃从故乡的山峦飘响。那回荡云天的山歌，那魂牵梦绕的笛声，那承载着父老乡亲劳烦与艰辛的牛车，那摇向天际、飘向未来的桨橹与芦荻……千般物种，万种气象，在作家的驾驭下，渐次铺展，灵动而亲切，明丽而深邃。

读这三部散文集，对作家更有新的期待。以作家之军旅生涯与地方工作的双重经历，以及对文学的孜孜追求，似在宽博的视域与情怀下，创造出内容与风格更加多样的乡情文学来。我们期待着。

文集付梓之际，略述感受，以示祝贺。

目　录

第一辑　趣事

人们每天都期盼着那个兴奋的时刻早日到来。电影队一进村，一种喜庆的气氛便蓦地溢满了整个村子，就像过节一样欢腾起来，似乎树上的小麻雀也跟着兴奋，在枝头叽叽喳喳蹦来跳去。这一消息就像插上了翅膀迅速飞到周围的村子，人们很快都知道了……

洗澡

那时，洗澡因季节而分为室外澡和室内澡。

室外澡是指夏季在室外的小河或池塘里洗。说是洗澡实际上是游泳，而老家却习惯称之为洗澡。小时候，我很喜欢和伙伴们一起到室外洗澡，当时村前的小河里不生杂草，河底平整如砥，近岸处清澈见底，一眼便看到水底的泥沙。小树当衣架，河塘做浴盆，初始小心翼翼从岸边试探着下水，等到学会了游泳便从岸上直接跳进水里，溅起一大片淋漓的欢乐。我像一条小泥鳅，在水里游来游去，那爽劲无法用语言来表达。

学游泳吃了不少苦头，也多次呛水，费了好大的劲。先从最基础的动作——狗刨式学起，慢慢又学会了仰泳、扎猛子、踩水、潜水，还有在水面上立定静止而不下沉等高难度动作。

在河沿上几个伙伴玩打仗、捉迷藏、逮蚂蚱，有时也会干点正事儿——割几把青草，等弄得一身泥汗时，就会不约而同跳进河里。大家开始只在河边水浅的地方扑腾打闹，后来胆子越来越大，竟然一鼓作气游到了对岸。对岸是邻村的土地，离河岸不远处有瓜园，既有花皮甜瓜又有大西瓜，馋嘴的我们不禁心动。在孩子王的带领下，我们猫着腰悄悄靠近瓜地，顺手摘了几个甜瓜逃之夭夭，到河里简单清洗一下便津津有味地吃起来。这种成功的冒险行动竟然助长了我们的欲望，大家商议下次要偷几个大西瓜吃。于是过了几天，又开始行动了。不料此次行动刚得手，就在准备往河里运瓜时，被看瓜人发现了，他大声呵斥着追赶过来，我们只好弃瓜落荒而逃，跳进河里拼命地游，在游泳的过程中还不忘回头看看，由于紧张好几个人还被水呛了。气急败坏的看瓜人也许是虚张声势，虽然已脱掉了鞋子，却并未下河追击，只是在岸上大吼大叫着。到了岸上，大家看着彼此狼狈的样子，都开心地笑了，有人说以后再也不敢去偷瓜了。果然，从此谁也不敢再去冒险偷瓜了。

父母尽管工作繁忙，安全意识还是有的。日头过午，该回家吃午饭了，我常常会有种做贼心虚的感觉，特别是河水洗过的皮肤经过日头一晒，一挠一道白印儿，父母通常能一眼看穿，这时就免不了挨一顿数落，运气差了还要经受皮肉之苦。每当这个时候，我就耷拉着脑袋，一声不吭甘愿接受处罚，但不几日又成了"重犯"。上小学的时候，整个暑假里四分之一的时间我都是在小河里泡着，大把的时间挥霍在水里，在失去光阴的同时也收获了无穷的快乐。

冬季则要到公共浴室里洗澡，也就是室内澡，俗称澡堂子。那时生活条件极其艰苦，冬天家里没有洗澡的条件，洗澡都是去公共澡堂，于是洗澡也就变成了一件很隆重的事情。集镇上只有一所澡堂子，以至于平时常常人满为患，春节时甚至还要排队等候。而每次洗澡，父亲带着我要走好几里的路才能到达，所以洗澡便成为一种期盼。

澡堂的大门吊着棉布帘，男左女右，中间有一面镜子。镜子前老有几个男人对着镜子梳头，时不时地把眼神瞅向经常掀开的女澡堂门帘，企图能看见什么风景。但其实什么也看不见，他们只能去想象。

掀开门帘，澡堂里一股特有的味道扑面而来，是热气与劣质肥皂，还有木头的混合味道。那时候几乎没有人用洗发水，连用香皂的人都显得很奢侈。脱衣服的地方是用木头条制成的长条椅子，脱好衣服光着屁股往上面一坐，立马会打个冷战，浑身起鸡皮疙瘩。衣橱想都别想，就更别想上锁了。尽管如此，却没听说有人丢过东西，其实也没有啥值钱的东西。

为了快点到暖和的浴池里面，我脱完衣服赶紧穿上木拖鞋，小跑几步呱唧呱唧、哆哆嗦嗦直奔里去。拖鞋是用传动皮带与木板做成的，即将皮带两头钉在木板上，就成了拖鞋，现在想来有些像日本人穿的木屐。跑到澡堂房间门口，我使出吃奶的力气拉开厚重的木头大门，霎时雾气缭绕着迎面而来，一片模模糊糊根本看不清，我只好小心翼翼、慢慢悠悠试探着向前挪动脚步。因室内空间小、池子小、水少且浑浊，洗澡人又多，所以满屋怪味熏天，有种窒息感，但也只好硬着头皮无奈地坚持着。浴室的地面、池面很滑，稍有不慎就会滑倒，里面常常传出一些怪叫声。老头们喜欢泡在大池子里，他们一直是澡堂的主角，有的偶尔还在池子里吼上几声京剧。他们似乎因为身体缺少热量，需要在这里补充，身体被烫得通红，也适应了这种环境。池子里的水让大人们满意了，孩子们基本上就下不去脚了，更不要说敢进去泡了，只能坐在池子边，用盆舀点水往身上浇。

后来，到部队参军，我才摆脱了这种洗澡的环境。不过那个时候，部队澡堂也是一个星期才开放一次，澡堂里除了大池子外又增加了淋浴，条件相对要好些。当新兵时，常常是排队进澡堂，一个班、一个排，甚至一个连，有组织有秩序，几十平方米的澡堂子里，往往是人碰人、人挤人，像下饺子似的。即便这样还要规定时间。洗澡效果可想而知。

后来当了干部，洗澡的条件也想随之改善，便自费到地方澡堂去洗，那里条件比部队要相对好些。

现在洗澡的地方，老头已不再是主角，只有一些普通的低价位的浴池还能看到他们的身影。至于说桑拿浴、泡泡浴、芬兰浴、牛奶浴，多是有钱的中青年人光顾，绝非老头们能消费得起。

割青草

老家距县城较远，当时的交通闭塞，土地贫瘠，产业结构单调，农人只能靠种庄稼生活，每天日出而作、日落而息，面朝黄土背朝天，劳作不辍。

在这里成长的孩子，也难以无忧无虑地生活，早早便要干些力所能及的农活，帮助家长承担一些事务了。每年暑假开始，家长便安排了任务——割青草，要求每天割满一挎篮。篮子是用柳条编织的，和现在的长条形水果礼品篮相似，只是要大很多。割来的青草主要是喂牛、羊。

大地生草木。草仿佛小孩子，睡醒了，揉揉眼，伸了个懒腰，探出了头，总在不知不觉中钻出地面。一夜之间，发芽，冒尖，露青，疯长。风一吹，草就动，风雨袭来，大地生动了，一片，又一片。

田野里、菜园子、路边、田埂、沟壑旁……甚至墙角、石缝间、瓦楞上，小草随处可见。虽形态各异，但初始有一点是相同的，即在初生之际，都直挺着自己的草尖。草尖大概是小草最锋利的武器，能够刺破寒冷的封锁，能够刺穿坚实的土地。

春天似乎是小草开学的日子，它们三三两两聚集到一起，在阳光下上课，刺探春风的善意，呼吸春天的馨香。草色青青，春光明媚，野草遍地，触手可及。小草凭借顽强的生命力，以微弱的躯体，努力实现了点缀春天的价值。

孩童时代，我是在草丛中长大的，更确切地说，我是和草一起成长的，常常在草丛上跌打滚爬。玩累了，坐在草地上，闻着那悠悠的清香，开始欣赏起小草，它纤细的身材，摇曳的风姿，柔顺的神情，在春风吹拂下，做着同样的动作，跳着同样的舞蹈，是那样的妩媚……慢慢躺下来，摘下一两棵青草，淡淡的清香扑面而来。把嫩白的草茎含在嘴里咀嚼，丝丝的甜味立刻在口里蔓延开来。用面颊触碰亲吻小草，轻轻用草尖刺激面颊，抚摸眼睛、鼻子和嘴唇，仰望着一碧如洗的湛蓝天空，享受骀荡。

人们常说草木无情。殊不知，草也有很多优秀的品德。

草，无论生长在何处，无论有人欣赏还是无人知晓，都是一副无欲悠然的神情，都不会受外界的影响，而是随着自然规律生长，其本色一直不变。这就是无欲。

草虽柔弱，却有一股不屈的劲儿，不怕风霜雪雨，立志要长高。其实，何止如此。白居易早有诗云"野火烧不尽，春风吹又生"，正是这种不屈的劲儿，让人看到曾巩在诗中的描述"一番桃李花开尽，惟有青青草色齐"。可见草的不屈。

无论人是善待它，还是虐待它，它都以一颗善意之心待之，信奉的是"善者吾善之，不善者吾亦善之，德善"之信条。此为善信。

草之德，还有很多，不再列举。草虽小虽弱，却是人类学习的榜样。

割青草的任务大多在下午完成。出发时需"全副武装"——带上铲子或镰刀、挎篮、水壶等。我和小伙伴们都不是割青草的好把式，铲子也不是十分锋利，常常是汗流浃背。任务完成过半的时候，我们便脱掉身上唯一的衣服——小裤衩，跑到附近的小河里游泳。水不深且浑浊，水的来源大多从天而降。

我们在水里追逐嬉戏，或将小溪的斜坡修造光滑，上岸后坐着往下滑，与现在的孩子玩滑梯相似。不知不觉几个小时过去了。此时的太阳也快要落山了，村庄的上空已升起袅袅炊烟，日落而归的农人挽着裤腿，三三两两地回家喝汤（吃晚饭）。见此情景，我们几个小伙伴便爬上岸，慌慌张张地收拾一下东西，匆匆往家赶。

清晨起来割青草也别有一番情趣。我们一个个脚上沾了泥泞，眼睛里跑进露水，却仍是那样的欢快，吹着口哨，脚步轻快，脸上灿烂如花，在田间小路上飞奔，挑着草色青青的地方，忽上忽下，忽左忽右，唰唰地挥起镰刀，一刀接一刀，一刀快似一刀。

最有趣的莫过于割青草小憩时做游戏。大家从庄稼地里钻出来，来到田间小道旁的柳树下乘凉。不知是谁提议，在路中央设置"陷阱"，我们称之为"陷人坑"。方法是用小铲子挖几个方形的小坑，上面用树枝、树叶等铺盖好，然后，再在上面铺上一层土，这样"陷阱"就伪装好了。然后我们偷偷地躲在一边或爬上树观察，等着行人路过上当。有的大人一看到那松软的土质，就产生怀疑，便绕行；有的大人不注意就踩上去，结果哎哟一声，吓一大跳。如果伎俩被识破，我们便垂头丧气，有时不善罢甘休，对"陷阱"重新进行伪装；如果有人上当，我们便忍俊不禁，幸灾乐祸，这时往往要遭到大人的嗔怪或训斥，甚至责骂，我们则带着得意的笑容逃之夭夭。

我们常常因为贪玩而未能完成割青草任务。为了不挨批评，大家便找来小树枝条或庄稼叶放到篮子底下垫起来，上面再放上青草，这样很快就伪造好了满满一挎篮青草。这种造假竟多次蒙过了家长的眼睛，那时这样做也没有丝毫的愧疚感。

当我将这些故事讲给妻子听时，她说我是个"捣蛋包"，不诚实，用现在时髦的话说就是不讲诚信。我反驳说，那时的孩子没有玩具又看不上电视，再不自找乐趣还不成了憨呆瓜，那样做只能说明天真活泼，那时的思维并不复杂，即使撒谎也是善意的，哪能与现在的诚信同日而语，性质完全不同。

　　在我看来，草不论多么渺小，多么细弱，都是镶嵌在大地上的"生命之眼"，不论土地是贫瘠还是肥沃，它们都能茁壮成长。它们有触觉、知冷热。所谓生命，不管采取多么飘忽不定和徒然无为的表现方式，其内里总是集聚着美、力量和光辉。

　　牛羊在青草的饲养中，长得膘肥体壮。小草默默，牛羊默默，村庄也默默。村子里一辈一辈的人，冬去春来，默默地忙日忙夜，总是离不开草的怀抱。小草常被人践踏，它却总是向上生长。小草不计得失，朴实无华，真实简单，快乐幸福。

　　草也许是万物之中最谦恭、朴素、正直和坚毅的东西了吧。

童年的星

　　地上一个人，天上一颗星。这是我小时候，奶奶在灯下讲故事经常说的一句话。

　　有一次，奶奶说《三国演义》中诸葛亮征战病死，司马懿夜观天象，就望见一颗大星星缓缓落下。

　　"哪颗星属于我呢？"我天真地问。奶奶抱我到屋外，抬手一指天空渺茫处一颗极小极小的星星，说那颗就是你。

　　"我为什么那么小呢？"我急切地问奶奶。

　　"因为你还小呀！"奶奶说。

　　"人小，星就小吗？"

　　"是的。"奶奶点点头。

　　"不行，我要那颗大的。"我噘着小嘴说。那颗大的挂在西天，亮晶晶的，别的星星与它相比都显得有些暗。

　　"好好，就要那颗。"奶奶见我生气忙答应说。

　　"那是什么星？"我有些穷追不舍。

"金星，黑夜给行人照路的。"

那晚，我怀着金星的梦入睡。一觉醒来，天上的星大都隐没了，独有一颗，大大的依然在东方闪耀。

奶奶说："那就是你。"

"我那颗不是在西方吗？"我揉着惺忪的眼睛问。

"原本就是一颗星，照着夜路，默默地走到东方，太阳出来时才离去，所以人们又叫它启明星。"奶奶深情地抚摸着我。

"孩子，快长吧，长大了就像这金星一样，在黑夜给人照路……"我似懂非懂地点点头。从此，我每晚总站在院中出神地望着天空，那么多星星，既杂乱又有序，组成一张星系图，读着这图，便展开了我的幻想。

那三颗连在一起的，一定是兄弟三人了；而那如勺子状的七星，一定是转弯抹角的亲戚了。人间不是有弟兄、有亲戚吗？不然，每一颗星星互不联系，该是多么的孤单和寂寞。想着想着，又觉得星星也与人一般，会呼吸，会走路，大星星们去种田，小星星们去拾柴。天空不再是天空，而是另一个人间了。无形中，幼小的心灵对天空就产生了一种羡慕，一种神秘。有时，抬头望着天空，突然一道亮光从天空的极远处飞来，奶奶告诉我，那是流星，又一颗星星坠落了，人世间不知谁又上天了。奶奶说这话的时候显得很伤感，有些唉声叹气。她自己也是年近七旬的老人了，按照"人生七十古来稀"的说法，在人世间的时间恐怕也不会太多了。我的情绪也被感染了。

感慨之余，我异想天开，要寻找流星，看看晶亮的星星落到地上是个什么样子。

月朗星稀之夜，我和伙伴们在村里捉迷藏，不经意间，发现一颗流星划过长空，眼瞅着落在不远处的田野里。我朝着落下的方向独自跑过去，想借着月光寻找到。那是一片麦地，麦苗才拱出地面。我从东找到西，从南找到北，怎么也找不到。不知找了多久，我焦急得要流出眼泪的时候，就听远处有像炸开了锅的嘈杂声，原来他们以为我迷路了。

大家找我，我找星星。我被找到了，星星却没有找到。我似乎很委屈，"哇"的一声哭了。奶奶将我搂在怀里，抚摸着我的脑袋喃喃地说："傻孩子，到哪里去找呢？这么大的天空，无边无际，看着在眼前，其实不知有多远……"这次的经历使我明白了一些，懂事了一些。从此，我再也不找星星了。不过，不找星星，我却依旧爱着星星。

记得十一二岁那年的一天晚上，星星比往日稀疏许多。忽然，西北方向出现一白亮的不明物体，竖着挂在夜空，犹如有人在空中握着手电筒，从上往下照。人们见到惊呼奔走相告，翘首眺望，但见它踽踽独行，还未等弄清是怎么回事，早已消失在夜空中了。人们带着遗憾和神秘对这不速之客议论纷纷。有的说是飞碟，有的说是外星人，说得神乎其神。那时故乡很偏僻，人们孤陋寡闻，越是这样越好奇，稍有风吹草动，就要沸沸扬扬地谈论好几天，甚至更长时间后仍然为新鲜话题。

后来听说那是彗星。有的人一辈子也难见到一回，甚至是百年不遇，我便觉得自己很幸运。

如今奶奶早已离开我，我也早已成家立业，再也不会相信地上一个人，天上一颗星了。可由于儿时的影响，我依然喜欢夜晚遥望星空。儿子也似乎对星星情有独钟，经常指着天空中的星星，问我一些问题。我与儿子虽然童年的生活环境和经历不同，但面对那满天的星星，却很有共同语言，仿佛有说不尽的话题……

露天电影

　　儿时，精神食粮极度匮乏，看露天电影是一件喜事，也可以说是一顿免费的精神大餐。

　　露天电影多由公社文化站到各村轮流放映，一般每个村子三四个月才放映一次，有时县里的文化部门也偶尔下乡放映一两次。那时，村子里还没有通电，所以也没有黑白电视机，因而不管是酷热难耐的夏天，还是寒风凛冽的冬天，农人对电影的痴迷程度，绝不亚于如今追捧大牌明星下乡演出。

　　人们盼望看电影就像盼望过年一样，每天都掰着手指头等待那个兴奋时刻早日到来。电影队一进村，一种喜庆的气氛便幕地溢满了整个村子，就像过节一样欢腾起来，似乎树上的小麻雀也跟着兴奋，在枝头叽叽喳喳蹦来跳去。这一消息就像插上翅膀迅速飞到周围的村子，人们很快都知道了。到了那天，男女老少吃罢晚饭，三个一群，五个一伙，从四面八方拥向放映地点。

　　放露天电影很简单。放映的地点相对固定，或小学的操场上，或农闲时的场院里，因为这些地方足够宽敞。黄昏暮色中，一张桌子，一架放映机，竖着两根粗壮的长竹竿，扯起两块乒乓球台大小的幕布，镶着黑边的白幕布四角拉直横竖挂起，就成电影场了。有时就地取材，干脆连竹竿也不用支，工作人员将幕布的绳子直接拴在树干上，架好放映机就开始放映了。

对于年少的我们来说，看露天电影就是享受一场盛宴。每当得知村里又要放电影了，我们的心一整天都会激动不已，以至于在课堂上很难聚精会神。这时，老师对待我们格外开恩，不会给我们布置家庭作业。终于熬到天黑了，晚饭也顾不上多吃几口，大家就急急忙忙抱着小板凳往放电影的地方跑，生怕去晚了占不到好位置。以放映机的位置为圆心，以二三十米为半径的区域是最佳位置。在此，有的画地为"牢"；有的将几个砖头瓦块放上；有的从家里搬几个小凳子、小椅子……最佳位置毕竟有限，为此，常常发生争斗，你争我夺，你推我拉，口里还不停地叫嚷着"这是俺先占下的……"大家互不相让，或唇枪舌剑，或口蜜腹剑，或两面三刀，或恬不知耻，或死缠烂打……总之，都是为了一小块好位置。如果双方有一方妥协，争执一会儿便也偃旗息鼓；若双方互不相让，便会大打出手。动手的大多是十余岁的男孩子，有时小弟弟小妹妹也跟着"参战"，顿时混成一团，号叫声、哭喊声、呐喊声，声声入耳，好不热闹。当然，这一场面很快就会平息下来。

夜幕降临，电影场便开始有大人转悠，还有的人帮助放映员拉扯银幕。一些年老体弱者在晚辈们的搀扶下蹒跚着走向电影场，有的干脆将老人用平板车拉到电影场。不一会儿，电影场已是黑压压的一片，人声鼎沸，大多是在议论或打探电影的内容。青年人大都站在放映机周围，中年人则离得要远一些。小伙子为了选一个较佳观看角度，有的爬上房顶，有的骑上墙头，有的趴在草垛上。老年人一边捻着自制的喇叭筒旱烟，一边闲唠着、咳嗽着。还有一些迟到者见缝插针，削尖脑袋往人群中间钻……

　　说是放映队，其实通常也就两个人。一个人负责发电机，在电影场的附近有一根粗电缆线连接到放映机上，另一个人负责放映。每当发电机一响，电影场便立刻热闹起来，掀起一阵声浪。

　　放映员开始调试镜头的高低和焦距，一束由细变粗的光柱直直照射在银幕上。这时，坐在放映机前爱捣蛋的孩子便在放映机强烈的光束里，做出各种各样搞怪的动作投射到银幕上，一会儿是一个晃着一双长耳朵的兔子头，一会儿是一个伸缩着舌头汪汪叫的狗头，一会儿又做出无厘头的动作来，逗得人们一阵阵哄笑。人们的心都被电影搅得很兴奋，所有的人都知道，真正的放映马上就要开始了。果然，仰头一看四周，黑夜不知不觉间覆盖了整个天空，星星仿佛焦急地眨着眼睛，伸长了脖子好奇地看着这人间的"戏台"。躁动的人群直到银幕上出现画面才平静下来，大家屏住呼吸全神贯注，鸦雀无声，都伸长脖子、瞪大眼睛。只有放映机发出"咔咔"的声响，那是两个如脸盆般大小的轮盘缓缓转动发出的声音。仿佛事先约定好了似的，大家不约而同地闭上嘴巴，瞪大的眼睛里发出饥饿的光芒看着银幕……刚开始，所有人还能集中精神，精神抖擞，等放映到后半场时，有些孩子就支撑不住了，两眼发涩，上下眼皮老打架，一会儿迷糊，一会儿清醒，实在无法打起精神的，便干脆倒在大人的怀里睡着了。

　　直到"完"字跃上幕布，白炽灯亮了，孩子们才被大人唤醒，不情愿地从地上站起，揉着惺忪的眼睛，扑打着身上的泥土。电影散场了，此时已是月朗星稀，场地又喧闹起来……一袋烟的工夫之后，人潮退去，场地上只剩下几个热心人在帮着放映员收拾家伙……人们带着一种满足，在回家的路上，兴奋地议论着电影情节，大家一起分享着那份快乐。

我那时最爱看的是战争片，如《十天》《地道战》《405谋杀案》《南征北战》《挺进中原》《铁道游击队》等。英雄人物有董存瑞、邱少云、狼牙山五壮士、雷锋……事件有红军飞夺泸定桥、爬雪山、过草地、地道战、地雷战、麻雀战……看得大家血脉偾张，陪着波澜起伏的剧情，一会儿流泪，一会儿欢呼。一场电影看完，有关情节和人物在十天半个月的时间都会成为茶余饭后的话题。

就这样，英雄主义的信念通过电影这一捷径潜移默化地渗透到我的血液中，无声地影响着言行，健全着人格，让我苗壮成长，以至于成年后立志参军报效祖国，完成青少年时期的夙愿。家长有时也巧妙地运用电影中的有关人物作为榜样教育我。少年的我已经痴迷于光与影的梦幻世界，跟着放映员一个村子一个村子地跑。方圆几里路的村子里，我们一群半大的孩子都会光顾。

记得有一次，我和母亲一起去邻村看电影。当时是夏天，那天刚下过雨，地上积了很多水洼。等我们母子俩赶到放映场，电影已经开始放映，借着灯光我隐约看到地上很明亮，以为是平整的路面，结果却一脚跨进水洼里，打了一个趔趄，一屁股坐了下去，险些把母亲也连累倒下……虽苦不堪言，但无怨无悔，穿着湿衣服坚持把电影看完。

还有一年暑假，我与伙伴相约去邻村看电影。因为赶时间，我们一行人抄近路，从田地里跨越着一路狂奔，不小心把脚崴了。当时由于看电影心切，我也没有太顾及疼痛，等第二天醒来一看，脚脖脚面肿胀得老高，走起路来一瘸一拐的，很多天都不见好转，又不敢告诉家长，只好忍受着，以至于后来脚部的不适长达十余年之久。这就是看电影付出的代价，令我终生难忘。

时光飞逝，转眼间近四十年过去了，我已在城市里生活了多年，也偶尔去过一些豪华的影院，而最使我魂牵梦绕的还是那个以苍穹作顶、夜色当墙的简陋的乡村露天电影院。当年看露天电影的那种充满浓郁生活气息的欢乐已渐渐远去，但我仍能感受到自己灵魂深处的那份渴望，仍能回忆起那份感动与兴奋。作为尘封在那个年代的美好回忆，永远都是一种刻骨铭心的牵挂。只是那快乐的时光只能珍藏在记忆里，在流金岁月的缱绻中由自己去慢慢咀嚼，咂摸一下滋味。因为时间的发酵，那滋味变得绵长、醇厚，让人回味无穷。

童年烧烤

　　我读小学低年级的时候，老家还没有分田到户，大田里那些将熟未熟的作物，概念里还都是公家的。

　　从村庄到小学学校去念书，要走三四里的路程。如今看来算不了多远，但那时人小腿短，这段路走个来回也并不轻松。每天放学回来，一路上肚子都咕咕直叫。回想一下，那时候还真很少有吃得过饱的感觉。因此，道路两边的花生、玉米、红薯地就少不了我们这帮小家伙光顾，尤其是空气中弥漫着各种各样的成熟的香味。于是，便有了许多或苦涩或甜蜜的故事，印象最深的是焖红薯和燎毛豆，可以说是我童年时代的烧烤。

　　深秋时节，霜打过的红薯秧缩了手脚，蔫了。颜色也由碧绿变成黄褐。那垄沟像孕妇一样鼓起了肚皮，秋风撩起衰叶，涨破的裂纹一道挨着一道。我们知道，希望在期盼中已渐渐成熟了。

　　那时候，星期六还有半天课，这后半晌，就成了一群小野马撒欢的时辰。玩到傍晚，肚子又在叫了，约三五伙伴，有的带火柴，有的带铁铲，向着离村较远的红薯地出发了。

大家分工明确，谁造炉子、谁扒红薯、谁拾柴火，一切都有条不紊地进行。村庄林子多，枯枝好捡。而红薯遍地都是，几乎不是偷而是拿了。唯有造炉最关键，非灵巧之手难以完成。那时，同班的常立造得最好，重担自然落在他肩上。他后来考上了大学，学的就是工业民用建筑专业。

造炉选址很重要，最好是沟边地头，有斜坡，便于挖灶口。灶膛不宜过大，也不宜过小：大了不好支炉，小了又焖不了几个红薯。灶膛挖好，最关键的工序就到了：取一些鸡蛋大的土坷垃，顺着灶膛边沿一圈圈向内、向上依次垒起，最后一块土坷垃在顶端收了口，炉子就造成了，看上去颇像金字塔。

生火也有技巧。先是用柔软一些的柴草垫在下面，等到充分燃烧起来才能在上面放一些树枝条。顺利的话，一次成功，不顺利就要多耗费几根火柴，还要再找些软柴草来。凭着一股败不馁的劲头，火苗顺着土块的缝隙一束束地蹿起来了，在秋风里恣意地舞蹈，映得大家的小脸蛋红扑扑的。一会儿，眼看着那块土地由黑变红，渐渐烧透了，便可以用铁铲在炉顶砸个洞，洞口不要太大，红薯能漏进去就行了。

红薯填满炉膛之后，就是砸炉埋灶的时候了。这也是最紧张的时刻，不能慢，慢了热力不足，红薯熟不透。一阵忙活之后，稍不留意，脸就成了"小包公"。大家围着炉堆坐着玩耍，直到那炉堆上的土变得温热了，才动手扒炉。那焖熟的红薯香味伴随着热气弥漫开来，沁人心脾。现在城市烤炉里的红薯味道与那味道可没法儿比。

太阳落得很快，气温陡降，寒风里一双双小手捧着红薯来回倒腾着，还不时被烫得直吹气。滚烫的童年就这样由手到心，渐渐烙进记忆里，总是抹不去。

我们之所以偏爱毛豆，是因为毛豆吃起来很香而且便于烧烤。我们几个一起穿着开裆裤长大的小伙伴，每每背着书包沐浴着夕阳回家时，总是不能顺顺当当，大家往往是边走边嬉戏，或打闹或追逐或恶作剧，要花很长时间才能到家。

　　有一次，孩子王铁蛋指着远处一缕缕青烟说："你们看人家在燎毛豆吃啦！咱也……"

　　"好啊！"正在田头翻筋斗的狗二立马停下来附和。所有人几乎异口同声地表示赞同。

　　于是开始行动！有的人收集已落在地上的豆叶，有的人拔毛豆棵，有的人找烧火棍，很快便凑齐了东西。铁蛋从书包里掏出火柴划起来，不知是激动还是火柴潮湿，一连划了好几次都没有燃着。站在一旁焦急等待的我们便七嘴八舌地议论起铁蛋来。铁蛋一听很生气，瞪着眼扫视一下大家，便谁都不再吭声了。

　　豆叶不太干，只冒烟不着火，熏得大家掉眼泪，二牛撅着屁股，鼓起腮帮子，吹了半天，火还是不旺。

　　"去、去、去，看我的！"狗二急了，推开二牛，趴下身子，"呼呼呼……"他的小嘴巴像台鼓风机，不一会儿，火势便旺起来了。燎毛豆是技术活，也是一个胆大心细的活，因为一不小心就会有火星溅到手上。整棵豆燃着了，毛豆角张开嘴，豆粒儿炸了，青烟带着豆香飘上天空，燃烧着童年的记忆与快乐。

　　我用玉米秸秆做烧火棍，从火堆中扒出豆荚，黑黑的，看上去并不好看，但散发出的焦香，让人垂涎。大家都夸我手艺好，现在想来其实我动作并不娴熟，甚至有些笨拙。

　　那香味馋得大家直想流口水。急不可耐的我们未等豆荚上的火星完全熄灭，便纷纷伸出手抓起来。"慢！待俺老孙扇灭了火，扇飞了灰土再吃……"三立说着脱下短衫，叉开双腿，冲着带有火星的豆荚扇起来。

顷刻间，灰飞烟散，几个馋嘴的家伙没有躲开，呛得直咳嗽。

"嘎嘣嘣……"大家一边吃着豆，一边叫着香！孩子王到底不愧为孩子王。只见铁蛋像只小猴子——确切地说是猴王——抓了一大把，装进衣袋里。其余人自然是敢怒不敢言，更不敢跟着学。

狗二把沾满黑灰的小手往二牛脸上一抹，并叫开了顺口溜："偷吃豆，上锅台，屙干屎，下不来，问你贪财不贪财？"这下惹恼了一向老实的二牛，他伸手抓住狗二的肩膀不松手，非要揍他不可，说他不够朋友。大家急忙上前斡旋，这才平息了一场即将爆发的搏斗。现在看来，狗二虽然是拿二牛撒气，可实际上还是冲着铁蛋，起到影射的效果。第二天，铁蛋果然将自己多留的大豆粒分给大伙吃了。

太阳渐渐落山了，劳作的人们也都纷纷往家返，我们也唱着愉快的歌儿回家了，歌声响彻云霄飘向远方……

躲地震

20 世纪 70 年代中期，河北唐山发生震惊中外的大地震，那次地震造成了 20 多万人不幸遇难。在自然灾害面前，人类总是那样无助。当时，我还未上小学，因为是第一次经历地震，不知道担心害怕，大人们却对地震很恐惧，大家议论纷纷。

一天，我外出玩耍后还未进家门，看见父亲正带着许多人在院子外面的小树林里搭帐篷，这让我感到很奇怪。父亲说："今天，公社大喇叭喊了，说收到地震局的通知，最近咱们这里也有地震。我们就在屋外搭帐篷，躲几天。"

那时的我还不知道什么是地震。父亲告诉我："地震就是地球乱晃，能把房子震倒。"父亲一边说，一边用手比画着。我听后很害怕，心想：房子震倒了，不就把人砸死了吗？

父亲笑着说："别害怕，有了防震棚就安全了。"从此，我就不愿意再进屋了，有时万不得已拿什么东西，也是匆忙进出，生怕一进屋，地震就来了。晚上，很多人不敢睡在屋里，害怕地震来了，来不及跑出去。

于是大家纷纷在户外搭建防震棚。

快到吃晚饭的时候，父亲和众人把帐篷搭好了。防震棚的材料很简单，用木棍搭建人字形支架，玉米秆做四周的围墙，房顶搭上油毛毡，上面再压上玉米秆。最后里面摆上简易的小床，轻便安全的防震棚就搭好了。这样的防震棚即使倒了砸在身上也不会要命的。

吃过晚饭，我走进帐篷。只见帐篷里布置得井井有条，各种摆设和生活用品都被父亲搬了进来。这时，好朋友三立来找我玩，他看到我家搭起了帐篷，很羡慕。他说来我家之前，他父亲说，晚上全家可能要带着席子，在马路上睡觉躲地震了。

我和三立聊了一会儿，就一起出去玩了。走在村里，看见马路上到处都是躲地震的人，有的人在地上铺上塑料布，有的人则在地上铺上凉席……由于村里没有过往车辆，在马路上躲地震很安全。但我又想：如果地震真的来了，该不会把马路也震翻了吧？

见马路上如此热闹，我也不想待在帐篷里了。正好家里有雨衣，我跟母亲商议说，想和三立一家一起睡马路。母亲同意了，并让我注意安全。

由于我从未在马路上露宿过，一切都是那么新鲜好奇，我毫无睡意，一直望着夜空中闪亮的星星。三立母亲指着天空告诉我，哪颗是启明星，哪两颗是牛郎、织女星……无际的天空、动人的故事，在我幼小的心中，平添了许多美好。那晚，我带着这份美好，进入了梦乡……

第二天早上，我醒来时，发现身上多了一个小被子，仔细一看，是我家的被子。原来是深夜母亲过来给我盖上的。那一刻，我的心里感到无比温暖。

很快，防震棚如雨后春笋般拔地而起，样式各异且七零八落，但都相聚不甚远。更多的还是友邻在一起搭建防震棚，之间以玉米秆做墙，因此根本不隔音，甚至可以扒开个小缝儿看到隔壁。这边的人正在说话，那边胆大的小孩子就搭起了话，不是做鬼脸就是大喊大叫，甚至会对唱几首简单的儿歌，玩得不亦乐乎。夜深了，四周响起低低的虫鸣声，繁星点点的夏夜，就这样在孩子们的嬉笑中渐渐过去了。

那时候村里不通电，吃过晚饭后没事干，大家便三五成群在一起聊天，手里拿着蒲扇，或躺或坐，或蹲或立。百无聊赖时，有人开始寻找话题，天南海北，古今中外，插科打诨，说者侃侃而谈，听者更是津津有味、聚精会神，有的话题会引逗得大家哈哈大笑，有的话题也会使大家唏嘘不已……

一天夜里，我睡得正香，忽然一声"地震啦"将我从梦中惊醒。接着，不远处又响起了一阵急促的锣声。很快，家家户户都变得沸腾起来，村民们似乎乱成了一团，马路上也是乱哄哄的。

这时，我无意中看到母亲的脸色都变了，父亲则镇静地让我待在原地不要乱动。只听母亲说："我要在地震到来前，回去把家里的东西拿出来。"说着就直奔屋子方向，父亲见此情景，也紧随其后并大喊着："回来，危险，不要去……"

虽然大家都在喊"地震来了"！但我没有感到一丝震感。大约过了一会儿，就听到村干部吆喝："大家不要惊慌，没有发生地震，刚才信息有误！请大家谅解！"

原来，是一场虚惊。

这时，大家都被刚才的狼狈样弄得不好意思，马路上充满了村民们的说笑声和嗔怪声。

大约整个夏天，人们都是在提心吊胆中度过的，大家的警惕性很高，一旦有什么动静，马上就会大喊大叫，即便睡着了也会立马爬起来，大有草木皆兵的感觉。

这年的夏天成了防震棚的夏天。

本来，人们计划中的抗震只是阶段性的，谁知最后竟发展成了"持久战"。防震像一场运动似的无休止地进行。潮热的八九月份，尤其是小雨过后，浑身汗淋淋黏糊糊的，很不舒服。夜晚是蚊虫的天下，即使挂上蚊帐，也难免被蚊虫叮咬。蚊子像轰炸机一样轮番进攻，身上被咬了很多包。可怜天下父母心，晚上大多数的父母都让孩子进防震棚睡觉，自己则冒着生命危险仍然住在老房子里。他们防震的唯一警报器，就是把一个空酒瓶倒立在搪瓷脸盆中，只要地面稍微震动，酒瓶就会倒下，酒瓶撞击脸盆的响声足以惊醒睡梦中的大人。所幸的是，这种不切实际猜测的事从未发生过。

由于防震棚的主要材料是玉米秆和油毛毡，都是些易燃品，极易着火。这期间村子里便发生了重大的火灾，来华家里的防震棚在某天早晨被不慎点燃，他的两个弟弟刚巧在里面睡觉，不幸都被烧死。他家为了躲避地震付出了惨痛的代价。

孩子们无忧无虑，家长们却一直非常担心。这个四面透风的茅屋，到了冬天可怎么办啊？终于有一天，公社喇叭传来了最新消息，大意是说地震警报解除了，大家可以放心回家睡觉了。尽管如此，村民们心里还不是很踏实，绷紧的弦虽然松了，但还是有所提防，防震棚并未立即拆除，只是把一些物品搬回家。而我和三立的内心却有些失落，因为这段躲地震的美好时光也要结束了，两个人在一起睡觉的机会也没有了。

后来，那些防震棚也都渐渐废弃了，淡出了人们的视野。然而那段儿时躲地震的往事，那个防震棚的夏天，永远留在了我的记忆深处。

夏日清凉

在家乡通自来水之前，更准确地说，应该是家里有水压井之前，家家户户都有一个大水缸。水缸不但带给我夏日的清凉，还承载着童年太多美好的记忆。

我家厨房的大水缸里面是酱黑色的、泛着乌亮光泽的釉面层，1米多高，口径七八十公分，立在灶台旁，像一个守护厨房的大肚子将军。水缸的造型很别致，口大、腰粗、底小，上下厚度也不一样，缸沿特别厚且往外翻出一圈。水缸空的时候，掀开缸盖，缸里会发出嗡嗡之声，幽暗深奥，对应那个年代的老房子，仿佛家的魂魄被沉重地藏在一只水缸里。缸沿上盖着的木盖一分为二，盖子只在蓄水时才打开，平时则盖得严严实实，主要是防止脏东西进入。

孩童时虽然帮不上父母的忙，却喜欢站在一旁欣赏他们往缸中蓄水的过程。只见他们提起水桶靠近缸沿往里一倒，铁皮桶碰在缸上发出轻微的响声。井水翻几个跟头渐渐平静下来。如果倒水的速度慢些，就会出现小瀑布般的水流。

到了夏天，农人们还把水缸当冰箱用，把吃剩的饭菜用碗碟装好，放进盆里让其浮在水面上，盖上木盖，饭菜就不会变质。"水缸冰箱"虽然是人们迫于无奈的做法，但是这种原生态的食品保鲜法，不仅环保而且能循环利用。食物取出后，缸里的水可以继续饮用，真可谓一举两得。

水缸还像一位饱经风霜的老者，熟稔一些自然现象。它仿佛是家家户户四季寒暑的晴雨表。水缸对于季节和天气，格外敏感。在夏天，一早起来看缸壁湿乎乎，若渗出一层水珠，即所谓的"出汗"，说明一场暴雨即将来临；若缸壁干燥，则表明炎热的气候会持续很久。所以，父母夏天出门前经常观察缸壁。

缸里的饮用水，总是母亲殷勤地躬身伺候着。尤其是夏天，每隔一个礼拜左右，缸里就要清洁一次，否则积淀下来的缸底水，喝到嘴里，会有一种异味。其他季节清洁的间隔时间就要长些，加上每天都要使用，还要循环往里面注入新的水，十天半月清洁一次，甚至更长时间都没有问题。

炎炎夏日，我和小伙伴们玩耍累了渴了，便会一哄而入我家，操起缸上的水瓢舀水牛饮。大家争先恐后，一个人还没有喝过瘾，另一个人已经迫不及待，伸手就去夺水瓢把。最后一人喝完，大家便将水瓢一扔，一哄而散。此时，唯有水缸沉静，因为它沉浸在自己的听觉里，沉浸在那么多纷至沓来的孩子们的哄闹脚步声中。时至今日，我仿佛还能听得到大热天一路小跑之后的小伙伴到我家里来喝水的声音——一仰脖子，喉咙口"咕咚咕咚"，水沿着高扬的下巴滴答滴答掉入水缸中，泛起小小的涟漪，童年的欢声笑语在微波中飘荡……

那时老家还没有通电，夏天的夜晚闲着没事干，人们便在院子里乘凉打发时光。煤油灯也不用点亮了，以月光为灯。父亲吃过晚饭后，便会挑着水桶，去附近的老井打水。他把打上来的井水泼洒在庭院中，以降低地面温度。被太阳蒸发了一天的地面仿佛饥渴的人，贪婪地瞬间将水吸干，地面热气也随之驱散。父亲便将竹椅、草席搬到院中，让全家人坐在院子里纳凉。

不通电自然也没有电风扇，只有蒲扇或鹅毛扇。摇着扇子，一阵清风徐来，暑气渐消。

晚上纳凉之时，也是家人间，或家人与串门的邻居间谈天说地的好时光，村里的逸闻逸事、家长里短是最热门的谈资。

父亲则会给我们讲历史故事，讲评书演义……其中，我最喜欢听父亲讲《三国演义》《杨家将》《西游记》等内容。有时父亲讲到精彩之处，会戛然而止，故意卖个关子——欲知后事如何，且听明天分解。有时父亲这样做也确实是累了，而有时则是为了检验我是否还在认真听讲。如果我听入迷了就会缠着父亲再说上一段。

父亲即使不讲故事也不会闲着，他会教我如何识别天上的星星，如何寻找北斗星，如何寻找银河两端的牛郎星和织女星……正是在那个时候受到熏陶，我才对天文知识产生了浓厚的兴趣。

有一次，当我躺在席子上享受清凉时，看到几只闪闪发光的萤火虫从眼前飞过。我一骨碌爬起来，拿着扇子追赶飞来飞去的萤火虫，颇有一番"轻罗小扇扑流萤"的情趣。捉到后将其轻轻放入透明的玻璃瓶中，之后，拿进房间，放置在床头照明，兴奋得好久没有入眠。

父亲看到后，嗔怪了我的做法，还讲了一个关于萤火虫的故事：晋朝时，有个学子叫车胤，他家境贫寒，但酷爱学习。每到夏天，车胤没有钱买蜡烛，便捉来几十只萤火虫，装进多孔的囊内。车胤借助萤火虫的亮光刻苦学习，终于成为一个大学问家。父亲讲的这个故事，对我的激励很大。

如今，每到夏天人们都在空调房中避暑，但我依然念念不忘儿时在乡下老家纳凉时的场景。

听广播

　　从我记事起，家家户户都有广播喇叭，形状跟盘子相似，颜色是浅咖啡色的，大多安放在堂屋的门框上。村口笔直的水泥杆上安放着一两只高音喇叭，上面是电力线，下面是广播线。广播线与每家每户连接在一起，由公社安排施工人员集中安装。用铁丝充当广播线，将信号从村部传输到各家各户。此外，每家还要用一根细铁丝，一头连着广播，另一头插到地上，充当地线。这个广播喇叭，伴随我度过了整个小学和初中的美好时光。直到20世纪90年代中期。

　　每天天还没亮的时候，广播喇叭里开始播放歌曲《东方红》，歌曲响起来时，家家户户的窗户里才有亮光。那时人们没有时间观念，也没有手表钟表之类的电子产品可以准确掌握时间，广播喇叭仿佛是军号，人们最依赖它，全凭它来进行一天的作息，当作出工收工的时间表。从一日三餐到农业耕作、施肥用药、出工时间等，都是以广播喇叭为准。人人都知道6点30分是中央人民广播电台的《新闻和报纸摘要》节目，到了20点，中央电视台的《新闻联播》节目播出后，一天的广播就结束了，劳累了一天的人们也开始歇息了。有时候公社的播音员，会播上几条广告或召集大队干部开会的通知。这也让广大农人知道上级的指示。

早晨，农人往往最忙碌。过了这个时辰，就会自觉地集中到生产队打谷场上，听队长安排一天的劳动，各自拿着农具，走向田间，一天的工作开始了。农人们在田间也会听到高音喇叭里播放的新闻或曲艺节目。早晨8点，第一次播音时间结束。当第二次播音开始时，大家就知道是10点了，再干一阵子活，就要收工吃饭了。回家后，还不能休息，又要开始张罗着做家务，做饭洗衣等忙个不停。午饭后，稍事休息，又要外出劳作，直至傍晚时分收工，伴随着广播的声音回家。就这样，日出而作日落而息，很有规律。

十一届三中全会后，随着时代的变迁、农村经济的好转，广播喇叭里播放的歌曲、戏曲等文艺节目也逐渐变得丰富起来，比如戏曲《朝阳沟》《打金枝》《卷席筒》《百鸟朝凤》等，农人非常喜爱听这类节目，往往会不由自主跟着哼唱一段。还有一种节目，是大人和孩子们都喜欢的，那就是评书。那时，评书艺术家刘兰芳的《岳飞传》很受农人的欢迎。每到晚上评书联播时间，村里的路上几乎看不到人，大人、小孩都回到家，围坐在自家的广播喇叭前，津津有味地听着评书。刘兰芳那抑扬顿挫的说书声，深深地吸引着大家。半个小时后，评书就播放完了，大家仍然意犹未尽。

到了20世纪80年代，高音喇叭依然响彻天空。不过人们对广播喇叭的依赖已经有所减弱，因为不少人有了手表。但是，广播喇叭的其他作用，依然值得信赖。这时，大队部里也有了自己的喇叭控制系统，可以随时关掉上级传输的信息或者节目，传达本大队的通知活动或传达上级有关精神、要求。这些都是大队干部的事情。一旦广播里有通知，农人们就会自觉按照通知的精神去落实。那时的号召力和自觉性都很强。

改革开放初期，父亲买了台收音机，仿佛砖头块大小，已记不得品牌了。买回收音机那天，我兴奋得像一只捉到虫的公鸡，到处宣传炫耀。小伙伴听后非常羡慕，众星捧月般簇拥着我。村里人也惊诧不已，有人问："啥样子？"我就趾高气昂地用手比画着。

中午，邻居们赶到我家时，收音机已被奶奶端端正正地摆在八仙桌上，还蒙了块干净的小花布。父亲在众人期盼的目光中操作起来，拧拧这，捏捏那，里面就传出声来。父亲手一动，里面的声音也跟着变……村里人早已看得目瞪口呆。

有人禁不住问："多少钱？"

"一个月的工资都不够，30多块呢。"父亲回答。父亲那时每月工资20多块钱。有的说，那得合多少工分呀？甚至有的说，买这玩意儿干啥，不中吃、不中喝的，瞎花钱。

大家欣赏完走了，我就学着父亲的样子摆弄。父亲拍拍我的后脑勺说，别瞎弄，电着喽，贵着呢！我就吓得缩了手。父亲就笑了，接着便教我如何使用。我居然也能放出声来。

晚上，生产队长也闻讯来看。由于他在村里辈分高且排行老五，大家管他叫"五爷"。前些日子，他的两个孩子被一场大火烧死，他心里自然很难过。到了吃晚饭的时候，五爷还没有走的意思。于是，父亲就给我5毛钱到供销社去打酒，说是请五爷，五爷见此情景就说走，父亲一挽留，也就不走了。

五爷爱喝酒且不吃菜。收音机响着，边听边喝，喝着喝着脸就红了，话也多起来，多是他命运不济的话。父亲劝他喝酒，他就不说了，继续喝酒。

我以为五爷喝完酒，就会走人。谁知，他却跟父亲商量，要借收音机听几天。父亲爽快答应了，我却死活不愿意，赶紧将收音机抱在怀里不撒手。父亲已来不及跟我商量，硬是从我手中夺过去。五爷高兴地抱着收音机屁颠颠地跑了，我被气得坐在地上又哭又骂。父亲见我如此反对，急忙做我的思想工作："人家又不是不给咱，只是借几天，又用不坏，怕啥的！"

那时收音机里经常播放《小喇叭》节目。每当收音机里传出"嗒嘀嗒，嗒嘀嗒，小喇叭开始广播啦"的声音时，我就兴奋不已。那些情节曲折、精彩的故事令我沉醉，人物的悲欢离合常常令我牵肠挂肚、寝食难安。从《小喇叭》节目里，我渐渐懂得了明辨是非，知道了什么是真善美和假丑恶，好人有好报，正义终将战胜邪恶等基本的道理。可以说，收音机是我人生中一个很重要的启蒙老师。

后来，我又迷上了刘兰芳播讲的《杨家将》《隋唐演义》等。正是从刘老师那绘声绘色、抑扬顿挫的精彩评书中，我了解到中华民族发展史上那一场场波澜壮阔、惊心动魄的感人故事。在我心目中，杨家儿郎、穆桂英、岳飞等人物的英雄形象日益高大起来，他们的英雄事迹深深感染了我，使我树立起爱祖国、爱人民的思想，培养了我最初的爱国主义情怀。

不几年，村里人陆续买上了收音机、录音机、电视机等家用电器，取代了高音喇叭。五爷也有了自己的收音机。我也离开故乡到了部队。

再后来，听说五爷进了乡敬老院，本该颐养天年的他却患了偏瘫，话也说不清楚，还直流口水，但每天仍坚持收听收音机，直至他闭上双眼，撒手人寰。我听了委实不是滋味。

看电视

20世纪80年代初期，谁家能有一台黑白电视机，不论屏幕大小都堪称大件家用电器，算得上是富有人家。

记得村子里第一家有电视机的是村子西头的来华家，按辈分我称呼来华的父亲叫"三爷"。三爷也是全村公认的能工巧匠，不论谁家有红白喜事都离不了他。据说那台电视机是其女婿从部队带来的。这无异于爆炸性新闻，孤陋寡闻的村民们，根本没有见过电视机。一时间，大家抱着好奇的心理，纷纷到来华家看个究竟，也算是一睹为快吧。原本来华家人缘就很好，这下更是邻人盈门。我自然也是好奇者之一，放学后就直奔来华家。只见他家的八仙桌上摆放着一个四四方方的盒子，上面用大红的绸布盖着，来华站在桌子旁边，在大家的期盼中，他小心翼翼把盖在上面的布掀开，跟掀起新娘子的盖头一样。大家先是瞪大了眼睛，继而发出惊叹。还没等大家看个仔细，来华又将布盖上，劝大家离开，让大家晚上再来看，仿佛在吊大家的胃口。

电视机屏幕很小，信号也不好，要依托室外一根长长的天线接收信号，电视屏幕经常会出现"雪花"且伴随着"刺刺啦啦"的声响和调频道时出现的"嗒嗒嗒"的声音。不明事理的观众以为是电视机出了问题，甚至说出"坏了"之类的话。谁知此言一出，当即遭到众人的批评。这样的语言在大家看来是不吉利的，真的坏了，大家咋看？会扫了大家的兴致。

随着三爷扭动频道按钮，屏幕上才慢慢出现一些模糊的人和景物。

"清楚了不？效果咋样？"三爷边调边问。

大家几乎异口同声地回答："还是不清楚！"

于是，三爷来到院子里，抱着天线小心翼翼地来回转动，不断大声询问屋子里的人。

"差不多了，可以了。"当图像稍微清晰了，语音清楚了，人群中便会爆发出欢呼声和叫好声，快乐的时光便开始了。三爷也返回电视机旁和大家一起津津有味地观看。

三爷家的屋子里总是坐满了人，门口也堵得水泄不通，就连唯一一个透风的窗口也探进了几个脑袋。

到了夏天，来看电视的人越来越多，家里坐不下了，三爷直接将电视搬到了屋外，放在一个高高的柜子上，确保每个人都能看得见。尽管如此，似乎还是不能满足大家的要求，毕竟屏幕小，距离远就看不清楚了。经常是来华家里还没有吃晚饭，有些人已经陆陆续续赶到他家里来，比生产队开大会还热闹。奇怪的是，爱说话的不说了，爱哭的孩子也不哭了，人人都屏住呼吸，目不转睛地盯着屏幕，焦急地等待着里面的一出出好戏。各种不同的影片，时而逗得乡亲们哈哈大笑；时而令人黯然神伤，甚至泪流满面。

不知不觉已是深夜，乡亲们的观看热情仍旧不减，看着大家毫无离去的心思，三爷不停地扭动着频道按钮，直至里面的节目全是新闻或广告，大家才依依不舍地离开，边走边津津乐道着剧情。

那时候，热播的大多是电视剧，说出来倒也寥寥无几，但似乎都很风靡。比如《万水千山总是情》《上海滩》《霍元甲》《射雕英雄传》等。20世纪80年代中期还播放过《红楼梦》《西游记》《八仙过海》等电视剧。

我是看着《昨夜星辰》离开老家的，其主题歌令我百唱不厌。那时我家里也有了自己的电视机，仍然是黑白的，是在煤矿上工作的哥哥买来的。不管如何，总算结束了在邻居家看电视的历史。

到了部队，眼界就大开了。作为机关兵，要经常值班，而且一值就是24小时。其实值班也没有什么事，就是接个电话，填写个值班记录，上传下达一下。这期间真是过足了电视瘾，比如《戏说乾隆》《人在旅途》《新白娘子传奇》《梅花三弄》等。有时看烦了，就把电视的按钮当成琴键似的，来回拨拉着玩。那台彩色电视机质量很好，任凭我怎么捣鼓，就是不出问题。

后来，到了连队锻炼，看电视的机会就减少了。一个连队只有一台彩色电视机。周一至周五的晚上，只有7点至9点可以看，有时要开班务会、排务会、连务会等，也就把时间占用了。

那个年代，一台小小的黑白电视机，竟然可以凝聚着全村人的心，凝结着大家的深情厚谊。一台电视机一村人的场景已成了一段难忘的记忆。如今时代在发展，生活在进步，人们的要求也越来越高，电子产品也在不断更新换代，可是，再也没有像当年的电视机那样具有诱惑力的事物了。若干年后电视机是否会逐渐退出历史的舞台，真的很难说。

第二辑 印记

　　如今站在都市眺望乡村，已经觉得她越来越遥远，有些陌生感。故乡虽不再依旧，但思念仍在心头，无法忘却。若把她看成一面能看见往事的镜子，那里面留藏着村庄一寸寸精致的岁月，更有在我生命中烙下的点点印记……

灭老鼠

　　老鼠是个很有特点的动物。就拿其名字来说吧，"老"与它的年龄无关，它是从一出生就被叫"老"的，即便浑身还没长毛、眼睛还没睁开，也叫老鼠。最多会在前面加上一个"小"字，称之为小老鼠。

　　老鼠作为一个种群，有着悠久的历史。据说，早在人类出现之前，它们就在这个星球上生活了4700多万年了。从这一点来看，叫它老鼠倒也名副其实。

　　在我们村庄里，家家户户都能看到老鼠的身影，可以说它们出现在生活的每一个角落。屋里有家鼠，地里有田鼠，就连水里也有水老鼠。它们和人的关系如影随形，扯不断理还乱，这种关系的联结点就是食物。古人云"民以食为天"。其实，又何尝只是人呢？几乎所有的动物都是以食为天。老鼠之所以和人类不离不弃，说到底也是为了生活。人种庄稼，它偷食粮食，为的是活命，与人为邻，图的是方便。所以，每家屋子里，都有老鼠洞。它们用尖牙利爪打造的迷宫深深地藏在房屋的地下。它们常常在夜深人静之后出来觅食，收获的粮食，总会有一小部分落到它们的"家"里，供它们养家糊口。

俗话说："老鼠过街，人人喊打。"从这句话中可以看出人们对老鼠的憎恨与厌恶。《诗经·魏风·硕鼠》一文中也流露出对老鼠的怨恨之情，可见对老鼠的憎恨是自古就有的。如果老鼠仅仅是偷吃食物，人们也不至于如此恨之入骨、赶尽杀绝。问题的关键是老鼠容易传播鼠疫疾病，而且喜欢啃咬东西，几乎一切软硬之物都逃不过它锋利的牙齿，尤其是鼠疫对人的危害最大。

人们想出很多灭杀老鼠的办法，但是想要将这些肮脏的小家伙消灭掉，也不是一件很容易的事。通常的消灭方法就是家里养一只猫，让猫来监督老鼠的行踪，有时机就将其歼灭。不过猫有好有坏，有勤有懒，有的是灭鼠的功臣，抓起老鼠来机智勇敢，战果累累。邻居家的一只黄花猫，就是一个典型。所以，邻居家的"治安"非常好，偶有老鼠出没，也只能算得上是"流窜犯"，这样的流窜犯算是最倒霉的，十有八九要撞到"猫口"上。邻居家的猫是一只母猫，生下的猫崽也特别受人青睐。母猫常常带领自己年幼的孩子训练捕捉老鼠的技能。只是成长起来的下一代，总不如母猫敬业守责。

用夹子捉老鼠也不失为一种好方法。有些手艺人用钢丝或铁片或木板制作老鼠夹子。用钢丝或铁片做成的老鼠夹子虽然灵巧，但遇到力气大的老鼠就有可能被拖走，所以往往要将夹子固定。夹子撑开来，中间的小铁片上放诱饵，放在老鼠经常出没的地方。夜深人静的时候，只要听到"啪"的一声响，多半就可见到一只老鼠被拦腰夹住，拼命地垂死挣扎，龇牙咧嘴的样子很可怕。运气相对好的老鼠，只被夹住尾巴，可以拼命将尾巴扯断逃跑，侥幸逃过一劫。

放诱饵要讲究技巧，老家人称之为"老、嫩"。如果"老"了，不但诱饵被吃掉而且还逮不住老鼠；如果"嫩"了，夹子就自动闭合，甚至在设置的时候就将人的手夹住。我在放诱饵时曾被夹住过，感觉很疼。

老鼠夹子用过数日，就会失去效力，早上起来，鼠夹上的诱饵尚在，大多说明老鼠们已知道了危险，不会轻易上当。它们也许具备反捕捉的能力了吧。

"老鼠药药老鼠，大的小的都逮住"，老家人对这句话耳熟能详，这也许是卖老鼠药的人最经典的广告语吧。卖老鼠药的人或走村串巷，或在集市街头摆摊设点叫卖，最常吆喝的就是这句话。身边还放着一些老鼠标本，至于是否真的是用他卖的老鼠药毒死的，只有他自己心里最清楚。

每年春天四五月份的时候，是老鼠的繁殖旺季，经常可以看见大老鼠带领小老鼠乱串。为老鼠们做上一顿丰盛有毒的"晚餐"，待到第二天早上，即可在房间里和院子里发现大大小小的老鼠尸体。这些死在明处的算得上是好老鼠，还有一些坏老鼠，死在暗处找不到，直至发臭才被找到，很恶心，很可恶。吃过老鼠药的老鼠个头膨胀很大，令人吃惊，好像肚子里装满沙子一样，那样子现在想来有些凄惨。

后来又发明了粘老鼠板。卖粘老鼠板的人为了证实其威力，有的将被粘住的老鼠制作成标本，有的干脆逮一只活鸡放在粘老鼠板上，向人们展示。那鸡还真是动弹不得，如陷入沼泽。

还有很多捕捉老鼠的方法，比如五哥使用气枪打老鼠。这一方法并非一般人能为，一是要有气枪，二是要枪法好，二者缺一不可。听父亲说，五哥多在白天静静守候着老鼠出洞，有时也在夜间借助灯光，命中率还挺高。

我也有过捕捉老鼠的经历。那次是老鼠钻进抽屉咬东西，等发现时它已破坏了不少东西了，我既心疼又气愤，咬牙切齿，发誓要逮住它。一天子夜时分，老鼠又到抽屉里搞破坏了，我闻声翻身下床，做好捕捉准备，还叫上我家的大黄狗助威，因为我既恨它又怕它。大黄狗不停地狂吠，那阵势有些像影视剧中的大搜捕，最后费了很大的气力和周折，才将狡猾的老鼠逮住，被大黄狗咬死，解了我的心头之恨。

人们除了在行动上对老鼠进行报复外，还在其名声上进行贬损。虽然老鼠对此没有什么知觉，也产生不了实质性的效果，但对于人来说，如此也是寻求一种心理平衡罢了。比如，在众多的包含"鼠"字的成语中，绝大多数是贬义的，像獐头鼠目、鼠目寸光、贼眉鼠眼、胆小如鼠，等等，不一而足。

时至今天，这种旷日持久的灭鼠大战还在继续上演。在这场战斗中，人类不能说是最终的胜利者，因为无法彻底消灭老鼠，最多是暂时的平手，维持一种平衡而已。

热水袋

儿时，物资匮乏，寒冬腊月用来取暖的物件十分有限。

最初，人们用医院吊过水的空玻璃瓶灌开水，制成"热水瓶"，空玻璃瓶因此变得十分紧俏。父亲到医院里给奶奶弄了几个。往里面灌热水要掌握火候，刚烧开的热水不能直接往里面灌装，否则就会把瓶子烫裂。等开水稍微冷却一会儿，先将少许热水灌进去，轻轻摇晃几下使瓶子受热均匀，而后再将大量热水灌入。热水瓶体积小且光滑，放在被窝里用脚蹬来蹬去，很方便，不一会儿整个被窝就被暖热了。由于瓶塞怕高温，故也容易老化，也曾出现过漏水的情况，幸亏发现及时，否则被窝就会遭殃，无法睡眠。我正是在热水瓶的陪伴下，度过了寒冷而贫困的童年岁月。

后来才有了真正意义上的热水袋。热水袋颜色鲜艳，有红的、蓝的、绿的等。没有装水的时候，袋子是空瘪的，呈长方形，一端有一个灌装水口，口上有一个堵塞旋钮。我第一次捧着热水袋，爱不释手，当即拧开上面的旋钮，往里注入开水，谁知经验不足，由于灌入的水量过多，结果开水涌了出来，把我的一只手烫出了小泡。此后，我吃一堑长一智，灌热水不再那么急切。我摸着柔软的橡胶外层和发烫的热水袋，心里暖融融的，一股暖流冲遍全身，似乎整个冬天也不再寒冷了。

这些原本充斥在农人日常生活中的事物，如今却接二连三地消失了。可以说这是一种时代的进步，时序有更替，花开又花落。

金蝉（一）

夏季是农人挥汗如雨劳作的火热季节，也是金蝉出土、蜕变、产卵、老去，经历整个短暂生命历程的季节。夏收夏种一结束，便到了摸金蝉的季节。它们天生好像就是为了充当农人的美食而活着的。

老家人对金蝉的叫法是有区别的：在其出土后但尚未脱壳之前称为"知了猴"，在其脱壳之后才称为"知了"或"金蝉"。其实知了猴是蝉的幼虫，刚出土时会爬树，能脱壳。老家人之所以称"摸"知了猴，是因为白天看不到知了猴，晚上才是知了猴出来活动的时间。知了猴的样子很丑陋，身披盔甲，通体深褐色，在地上爬动，样子有些古怪。知了猴蜕变脱壳时，背上裂开，露出幼蝉黑白相间的脊梁，因为像龟背，又被称为"知了龟"。故有谚语曰："知了猴、知了龟，天天晚上摸一堆！"蜕变完成，全身通体的玉白，被称为"白知了"；再往后，身体变黑飞到树上，才成为"知了"。

据记载，老家自汉代就有吃知了猴的习俗。

在我的记忆里，知了猴是人们打牙祭的佳肴。那时候生活条件差，大多数的家庭如果不赶上婚丧嫁娶，几个月也很难吃上肉，吃知了猴便成了改善生活解馋的办法之一。也正因如此，吃知了猴也成了乡村孩子们的一个念想。

其实，知了猴除了味道鲜美外，还含有高蛋白和人体需要的数十种微量元素，是营养丰富的食用佳品且有明目之功效。

吃知了猴的一般方法是油煎。即在锅里放少许食用油，加热后放入知了猴，用锅铲翻动并逐一压扁。此时便能听到"吱吱"声响，闻到鲜美的肉香。待知了猴变得焦黄、酥脆了，关火撒点盐，一盘令人馋涎欲滴的炸金蝉便上桌了。我常常等不及母亲盛入盘子里，便从锅里捏一个赶紧放进嘴里，舌头忍受着烫，将知了猴嚼几下便滑入胃里，几乎没有品出味道来。也可以用鏊子烔熟，放在它上面来回翻转，火候均匀，变成焦黄的扁片更加香酥可口。

夏天麦收后，雨水便多起来，土层变得松软而湿润，成熟的知了猴再也耐不住阴暗的地狱生活，用两只锐利的前爪拱破地皮，爬出地面，寻求蝶变的新生活。殊不知，知了猴是多么不容易，有时需要三四年甚至更长的时间，在黑暗的地下默默积存着能量长大，又不知用了多长时间才挖通到地面的洞穴，其付出的艰辛和毅力足以令人敬畏。

下午放学后，三五个小伙伴便背着书包直奔树林。但凡树木多的地方，知了猴也一定多。其实，田间地头，房前屋后，都可能有知了猴出没。日落月升，夜幕降临，知了猴悄悄爬出洞口，凭着本能慢慢爬上树，在树上完成它生命中的最后一次蜕变。知了猴尽管貌不惊人，身体小如拇指，但它和其他动物一样，其生存的历程折射出惊心动魄的顽强精神。

捉知了猴要讲究方式方法，如方法不当，便很难捉到。

首先要学会认洞。知了猴的洞和其他动物的洞不一样，只有经常摸它的人才能分辨出来。初始破土的知了猴洞口有如豆粒般大小，不过没有豆粒那么规整，洞口顶端的壁是薄薄的，那里面藏着的定是知了猴。只要轻轻一拨，洞口即会显现出来。洞的直径约一厘米，一根小手指伸进去略有空余，但没法儿抓住它，两根手指又不能同时伸进洞里去。这时便需寻一根细草棒慢慢地伸进洞里，朝着知了猴爪子的方向，轻轻地碰一下，知了猴便本能地伸出爪子抓草棒，再轻轻地晃动几下，爪子抓得更紧了，我们称之为"救命绳"。此时要小心顺势慢慢往上提，很快棕色的通体泛着油亮、身上还带点泥土的知了猴，便呈现在面前。有的知了猴非常机敏，一看势头不对，立即逃遁。即使用铲子一层层地往下挖，也不见它的身影，逃跑速度之快，令人惊讶，我们称之为"跳井"了。因此，每当遇到这种情况，我们都会小心翼翼。有时甚至跪在那里做祈祷状，口里默念着"快快上来吧，快快上来吧……"

夜幕完全降临，我们便跑回家，将"战利品"放到盐水里腌上，因为这样知了猴就不会再脱壳且会保鲜。匆匆吃上几口晚饭，便拿着手电筒再次出发，这时好多知了猴正拼命地朝树上爬着，那些行动迟缓的，爬得较慢的，试图想早些脱壳飞翔的，基本上被一网打尽。对于没有手电筒的人来说，摸知了猴完全凭感觉，两手围着树乱摸，或者借助月色看树干上是否有突出的地方，如有小小蠕动的身影，那就是知了猴了。就这样，沿着河畔的树林，逐棵树去捉，一直到深夜。如此周而复始，一直延续到整个暑假结束。

如今，每天晚上，人们走出户外，小河旁、路两边、树林中，到处都闪烁着一道道的亮光。耀眼的强光肆无忌惮地在地上或树上闪烁游弋。有人提着装了水的塑料桶，里面的知了猴有的相互抓挠着，有的相互拥抱着，扭成一团。老家人开始用充电的 LED 新型节能灯，像矿工一样戴在头上，满树林地毯式搜索，就连那些侥幸偷偷爬到树上的知了猴，经过脱壳的蜕变，还没来得及体验"居高声自远"的感觉，就瞪着无辜的大眼睛束手就擒了。更有甚者用透明胶带缠绕在树身上，以此来阻挡知了猴往高处爬行，知了猴爬到胶带处就会滑落下来。如此这般，它们几乎被一网打尽，很难幸免。这种竭泽而渔式的捕捉，似乎很残忍，分明是让蝉灭绝。难怪细心的人们会发觉，夏季耳畔的蝉鸣在逐年稀疏，树间偶尔响起的蝉鸣是那样的零落和孤单。哪里是蝉在绝唱，它们分明是在哀鸣。蝉是夏季最好的"代言人"，这样发展下去还能代言多久呢？

　　知了猴褪去外衣，就蜕变成了知了。那个被称作知了猴皮的外衣，据说有很高的药用价值。当年经常听到小商贩走街串巷的吆喝声"收知了猴皮"，老家的孩子们常常举着长长的细竹竿，满树林捡拾知了猴皮，换点零钱买些学习用品。

金蝉（二）

　　没有捉到的知了猴在当晚便摇身一变，悄悄脱掉外衣，等到柔弱的翅膀晾干后，翅膀足够坚硬了才变成了漂亮的蝉，而后展翅飞离树干，奔向万叶丛中。其蜕变过程看似简单，但对于弱小的知了猴来说，动作是何等的艰难：脱壳时先从背部开口，爪子使劲往外撑，动作是那样的缓慢和笨拙，等到连接身体和躯壳的白筋被挣断，幼蝉就完全出壳了。此时全身又白又嫩，翅膀卷曲，无法飞起，只好慢慢爬到树上，经过一夜的变化，直到全身变黑、翅膀变硬，才可以展翅飞翔。

　　并非所有飞上树梢的蝉都可以放声高歌，因为蝉分为雄性和雌性，只有雄蝉才能鸣叫，它的小腹上生长着唱歌的工具。雌蝉负责产卵，产在树枝上的卵子撒落地面，几年以后，新的知了猴又产出。蝉其实是一种寂寞而充满悲情的昆虫，在黑暗的地下沉默多年，只为了最后在树枝上那一季短暂的深情表白。不知有没有在其短暂鸣唱的日子里，用歌声始终也没有换来雌性爱情的雄知了，如果有，那么长达几年的地下黑暗时光，该是多么的悲哀。不过辩证地看，这又何尝不是一种活法呢？正如某些人一辈子没有得到异性的爱恋，更没有成家，生活也未必不快乐，所以人们不需用异样的眼光去审视他们，更不必去非议。对于蝉来说，能够在夏日浓荫的时光里短暂地鸣唱，尽情地绽放自己，也许是它一生中最美好的日子。这也许就是所谓的活法不同。

居高声自远。夏日里，雄蝉像一个高音王子，在高枝上唱得兴高采烈，从早到晚不停歇，毫无倦意，一直到生命终结，可以说把毕生的精力都奉献给了歌唱事业。雄蝉攀在枝头依赖腰部的发音器——鼓膜长鸣，距离地面很高。天气越炎热，蝉越能鸣，声音也越响亮。燥热在蝉声里发飙，蝉声在燥热里发酵，没有蝉鸣的夏天不叫夏天。"知了……知了……"一声高、一声低，一声长、一声短，一声急、一声缓，此起彼伏，声声不息。村子在蝉声里飘浮起来，使故乡的夏季变得热闹又燥热。

蝉声是夏天的画外音，夏天的味道也是它唱出来的。夏天对雄蝉来说未必是最美的季节，却是唯一的季节。这个季节是专属雄蝉的，它才是夏天独一无二的代言人。

黎明的蝉鸣，唤醒了村庄，唤醒了农人，唤醒了鸟儿，寂静的乡村也变得喧嚣起来。勤劳的农人，扛着农具，乘着蝉鸣声，开始劳作。

中午是最热闹的时刻，雄蝉都亮出自己最美的歌喉。那声音，有近有远、有高有低，或激烈昂扬，或婉转悠长，此起彼伏，汇成美妙的乐章，是那么的强劲有力，大有震耳欲聋之感。

傍晚时分，蝉鸣吹红了夕阳，吹凉了乡村，吹归了农人。蝉鸣犹如一首首动人的恋歌，一曲曲自然的绝响，回荡在乡村的上空。

有人认为蝉的鸣叫是对生命透彻感悟的嘶喊。其实，蝉鸣叫的本质是为了求偶，纯粹出于生理需要，是在唱情歌。对此，古人也不明白。如杨万里的"蝉声无一些烦恼，自是愁人枉断肠"、来鹄的"绿槐阴里一声新……有愁人有不愁人"把蝉鸣声声说成如诉如泣；骆宾王的《在狱咏蝉》中"西陆蝉声唱，南冠客思深……无人信高洁，谁为表予心"同样认为蝉是曲高和寡的不平宣泄。

池塘边的柳树也许是得风又得水的缘故，长得格外茂盛，夏日的午后，浓密的柳树下一片阴凉，那是我们最爱玩耍的地方。在树下玩泥巴，看蚂蚁忙碌地搬家……看够了便又开始转移视线，仰着小脸，在树冠中搜寻着知了的身影。一个在树上，一个在树下，树上的知了唱得肆无忌惮，树下的我们却有些无可奈何。望到心焦之时，便寻觅武器——小石头块或坷垃块，发现后弯腰捡起来投向树冠，有时会惊动几只知了，发出吱吱的响声后飞向远处，树上顿时变得静寂起来，正可谓"意欲捕鸣蝉，忽然闭口立"。不长记性的知了不久便忘记了危险，又恢复了先前的喧嚣，我们便又开始重复刚才的做法……

当然，我们并不满足一次次的骚扰，更会想办法去捕捉。

大家光着脚丫，走在晒得发烫的地面上，循声发现目标后蹑手蹑脚走上前去，为了能把知了捉住，积极动脑筋，想出各种各样的法子来。捕知了的工具都是就地取材，找半截铁丝，折一个圆圈，插在秫秸的顶端，在铁圈上横七竖八地扯几道线，还到屋檐下或墙角里粘上几张蜘蛛网。但用这样的网粘知了，成功率并不高，用树胶粘知了却反而很奏效。夏天，粗壮的树身上不知为何会渗漏出来一些晶亮、金黄色的液体，黏黏的有一股淡淡的臭味，粘在手上也很难清洗。我们用小刀把树胶挖下来抹在秫秸上，拿它粘知了几乎是百发百中，知了在秫秸上挣扎着鸣叫着被擒住，我们欢呼雀跃。只是逮住的知了身上黏糊糊的，玩一会儿便被扔掉了。

其实，最常见最有效的捉知了的方法还是用网套。用铁丝扳成一个碗口般的圆圈，再将网兜绑在铁圈上，最后与竹竿一端固定好即可。悄悄举起小竹竿循着蝉鸣，还未等工具触及，似乎就感受到危险的气息，知了立刻张开翅膀"吱"一声而去，同时又极具嘲弄地洒下一点水滴，据说是"尿"——也许是吓尿了吧——滴在侵犯者仰望的脸上，也算是惩罚吧。当然也有反应迟钝的知了，对一步步逼近的危险没有及时觉察到，等发觉危险逃跑时，便会一下子飞进网子里，垂死挣扎着落网了。逮住知了后我们如获至宝，因为它可以给我们带来很多乐趣。比如，用双手捏住知了身体的两侧，让它扇动翅膀，扇出来的风与迷你风扇差不多；打开知了腹部的发音处，看看它是怎么发出响亮声音的；有时还会剪断它的翅膀，看着它在墙上、地上爬来爬去……

雄蝉与雌蝉交尾后，受过精的雌蝉便将尾部的一根如针尖般的刺插入树枝，把卵排在里面。因芒刺里带有毒液，树枝很快就会枯死。然后，枯枝就会落地，蝉卵随之进入土里。如此循环往复，繁衍生命。这正是生命的魅力，因为希望一直都在。据记载，从蝉卵入土到成蛹出土要十几年的时间。而餐桌上的知了猴大多是人工养殖的，周期也要两三年时间。

如今物质丰富，人们生活条件好了，炸知了猴已经成为一道乡土名菜或刁肴。知了猴作为天然的绿色食品被端上餐桌，其食用价值也被宣传得沸沸扬扬。物以稀为贵，知了猴的价格逐年攀升。对于我而言，与其说是品味，倒不如说是咀嚼那些逝去的岁月，品尝曾经的童年乐趣，回味几多浓郁的乡情。

我常想，雄蝉极其短暂的生命路上虽有重重劫难，但依旧不知疲倦地引吭高歌，追求幸福，直至生命终了，不枉来世上走一遭。而人们有时遇到困难与挫折却不能正视，活得总是不够明白，想来的确惭愧。

蝉之所以如此达观，大概与禅有关吧。

古语中，"禅"通"蝉"，诚不虚也。蛰伏黑暗，掘土数年，方能长出可与飞鸟媲美的翅膀，冲破硬壳享受阳光下的欢愉，即便此时的光阴只月余，也要用整个喧器的生命去偿还一缕阳光的馈赠，因此蝉鸣才会如此热烈。月余的幸福时光便足以让蝉面对如此短暂而又残酷的生活，向这个世界从容地宣告"知了"。明白了这些，是不是能让我们从此原谅了蝉的聒噪，也从此原谅了世间的不公？"潜蜕弃秽，饮露恒鲜""高蝉多远韵，茂树有余音"……然而，无论如何赞美它、怜悯它、思念它、赏识它，它自无喜、无悲、无知、无变。

其实，人生中的烦恼大都是自己找的，戚戚于贫贱，汲汲于富贵，取舍得失之间皆能寻出不平之意。寒山问拾得："世间有人谤我、欺我、辱我、笑我、轻我、贱我、骗我，如何处置乎？"拾得曰："忍他、让他、避他、由他、耐他、敬他、不要理他，再过几年你且看他。"只有当心灵变得博大，承载着万事万物，才能倒空烦恼，拥有一颗平常心，才算是参透了人生，才算是参透了禅。

蝉在某些方面应该值得人们学习吧。

煮鸡蛋

奶奶是个好强的人，一生勤劳节俭，是持家能手。

爷爷过世早，奶奶起早贪黑、吃苦耐劳，硬是和母亲一起把我们兄弟六个抚养成人。由于我父亲常年在外教书，家里的重担就落在奶奶和母亲肩上。奶奶主要操持家务，纺棉、织布、做饭、喂猪、养鸡，整天忙得不亦乐乎，把生活安排得顺顺当当。

奶奶养的鸡不多，也就是 10 只左右，因为奶奶常说"人多瞎胡乱，鸡多不下蛋"。到了麦收季节，奶奶便到田间去拾麦穗，每天差不多能拾一箩筐。回到家，她就把麦穗放在家门口的空地上，用棒槌捶打，之后又用簸箕除去叶皮，再把一捧捧麦粒装进早已备好的坛罐里，为的是给鸡过冬吃。

从春到秋，母鸡下了蛋，奶奶舍不得自己吃，等积攒一段时间后，拿到集市上去卖钱换些油盐来，剩余的就腌一点存起来，隔三岔五地煮了分给我们兄弟几个吃。有咸的，有淡的，一次只能吃一个，不论是咸还是淡，到手就心满意足了。奶奶每每看到我们香甜的吃样，总是笑眯眯的，有时还提个醒"小心，别噎着"，我听着心里有种说不出的快慰。

后来，我应征入伍。离开老家那天，奶奶随着送别的亲人来到村口，从小布袋里小心翼翼地掏出几个煮熟的鸡蛋。我推辞不要，奶奶硬是塞到我手里说："孩子，带着在路上吃，别饿着，在部队要听首长的话，好好干……"我分明望见奶奶的眼里噙着浑浊的泪水。

再后来，我以优异的成绩考入军校，拿着录取通知书回家报喜。临走时奶奶又煮了几个熟鸡蛋，我劝说奶奶留着自己吃，奶奶即刻显出很生气的样子，说我变了，变得瞧不起她了，连她煮的鸡蛋也不吃了。

没办法，我只好收下，奶奶马上笑容满面，还不停地叮嘱我，要好好做事、好好做人。

如今，城乡差距在逐步缩小，生活水平在逐步提高，早餐时鸡蛋已不可或缺。据营养学家分析，人体每天需要摄取一到两个鸡蛋的营养成分，为此，我硬是让儿子坚持每天吃鸡蛋，似乎当作一项任务来完成。我或煮或炸或蒸或煎或炒等变换着烹调方法，即使这样，儿子每次吃起来仍然没食欲，还常常"讨价还价"。每当此时，我便训斥儿子："爸小时候能吃上白水煮鸡蛋就认为是享福了，你小子真是身在福中不知福。"

每当我看到或吃到煮熟的鸡蛋，就会想起奶奶，想起奶奶当年煮的熟鸡蛋，想起奶奶质朴的爱，心中涌起一股暖流和无限感激之情。

票证年代

那天，我路过古玩市场，因时间充裕，便顺便逛逛。在票证摊位上我看到了 20 世纪六七十年代以后流通的一些票证，细细查看发现，有不同面额的全国通用粮票、地方粮票、面票、米票、油票、布票，以及不同年份、不同用途的购粮本、购炭本、购物券，等等。

触景生情，不禁引发了我对票证那段不寻常历史的回忆与思考，从而更清楚地回味从计划经济到市场经济所走过的艰辛历程，以及改革开放给人民生活带来的翻天覆地的巨变。

在这些票证中，"资历"最老的要算粮本和粮票了。从我有记忆起，就看到父亲每次去公社粮管所买面粉，都要拿上一个红本本，每买一次，粮管所的工作人员就会在红本本上写上标记并盖上红印章。是父亲每月的三十市斤计划面粉，加之母亲想方设法的调剂，才使我们一大家人没有挨饿。后来，在部队当干部的三哥也经常寄回家一些全国通用粮票。我经常见到父亲和五哥在一起清点粮票，父亲看着那一沓粮票，脸上露出了笑容，因为那可是全家人的口粮，有了它全家人的生活才算有保障。

凭票证供应的物品数量、标准都较低，而且大都是落实到人头的。以粮食定量为例，只有城镇户籍才可以吃到计划粮，而且重体力劳动者和一般体力劳动者、脑力劳动者之间，大人和小孩都区别对待。

在那个年代，若要到外省出差或去外地探亲，须事先兑换全国通用粮票，否则，吃饭就成了问题。从这个意义上说，当时粮票的"身价"比人民币还高，因为有钱无粮票不一定能买到饭。

到 20 世纪 80 年代末，副食品供应逐渐充足，人们的粮食消耗逐渐减少，有些人手里有了结余的粮票，于是用粮票兑换日用品等小东西也逐渐流行起来，粮票在民间私自交往中好像又成了有价证券。

在那个年代，从保障人民的日常生活，确保社会稳定的角度来看，可以说票证功不可没。不难想象，在吃穿用等物资极度匮乏的情况下，如果不采取凭票证定量供应的办法，必然是物价飞涨，人心惶惶。凭票证定量供应生活必需品，虽然标准较低，但有保证，人们的心里是踏实的。

粮本和粮票一直延续到 20 世纪 90 年代初才退出历史舞台。票证的彻底"退休"，是改革开放和生产力发展的结果。

梨树风波

　　葫芦梨树当时到我家的时候还是一棵小树苗，是哥哥从外面带来的，随手就栽在院子的一隅。当时母亲并不乐意让栽种，理由是不实用，不如栽柳树、杨树之类的树木，等长大了可以卖钱或者做家具。还有一个理由就是果树容易招惹是非，怕被人偷，容易引起邻里矛盾。但我和哥哥都执意要栽种，母亲也就默认了。

　　在我的期盼和关爱中，梨树也和我一样茁壮成长，栽下它的时候我大约七八岁，刚刚上学。头两三年也没见它开花结果，树干从拇指粗长到了我的手腕粗。原来的一根枝条，从一米多高的地方分杈开三枝，一直往上蹿，中间又分杈开无数的枝条。我经常给它浇水，甚至将死去的小动物也埋在它的周围，旨在补充养分。

　　我天天盼，盼着梨树早日开花结果。秋天，梨树落光了叶子，枝条在寒风中把天空分成一小块一小块的。冬天，纷纷扬扬的雪花落在梨树的枝条上，瘦瘦的枝条变得白白胖胖的，拨开枝上的积雪，就看到有芽苞在雪下膨胀，吸收水分，孕育着明年的希望。

盼望着，盼望着，一晃四五年过去了，梨树终于开花了，我终于看到了希望。那年的春天，天气乍暖还寒，梨树悄然开出了花蕾。起初只有三五个，很快又有新的花蕾出现，接二连三，已经无法数清个数了，有些眼花缭乱了。那青青的花萼中露出洁白的五片花瓣儿，像白色的丝绸。单个的梨花极少，都是三五朵，七八朵，甚至十几朵聚在一起。近看，像一群白白胖胖的娃娃；远望，似一堆白云笼罩在枝头。一树的梨花，竟然看不到叶子，它们娇嫩地在风中开放着，似乎还带着几分胆怯和羞涩。奶奶说，梨树是先开花，后长叶子，等花儿轰轰烈烈开得快结束了，嫩绿嫩绿的叶子才长出来，仿佛也是几天工夫，就把开尽了的花儿连同小小的果子藏到了叶子里，然后伸展开满枝的绿叶，吸收着阳光，制造出源源不断的养分，供养那一个个黄豆般大的果实。

　　每天清晨，我都要朝着梨树瞅瞅，看看又有什么新的变化，然后才去学校。

　　春风伴着春雷和春雨，将树上的花瓣吹落。当我早晨起来看到树下散落的花瓣，心疼得厉害，因为在我看来，一个花瓣就是一个梨子。我小心翼翼将它们捡起来，放在室内，淡淡的香味竟然在房间里弥漫开来。

　　我心里期盼着幸存于枝头的那十几朵花千万不要再凋零了。后来，真的有些天遂人愿，那十几朵花居然未再凋零，在枝头绽放着，看上去很漂亮。直到结出了青涩的果子，花瓣才算完成了使命，悄然隐退。

　　我天天看着树上的梨子指头大了，乒乓球大了，鸡蛋大了……它们一天天长大，形状也越来越古怪，越来越像葫芦的形状。

　　一天放学回来，母亲让我看看是不是梨子少了。我赶紧跑到梨树下，一眼便看出少了五颗，因为那些梨子我几乎是天天看一遍，它们长在什么位置、有多大，闭上眼睛都能说清楚。

　　我急切地想知道原因，便瞪大了眼睛问母亲是谁摘的。

　　"小南京摘的。"母亲的回答似乎很平静。

小南京是个孩子的名字，比我小几岁，人们之所以叫他这个名字，是因为他是从南京抱养来的，来到村子的时候还不足月。

我扔下手中的书包，嘴里叫骂着，甩门而去。母亲怕惹事赶紧上前拉我，正在气头上的我，还是挣脱了母亲直奔小南京的家。

在路上刚好遇见小南京在和其他孩子玩耍，我跑上前去一把揪住他，将他拖倒在地上。小南京被突如其来的动作惊呆了，躺在地上大惊失色，过一会儿才反应过来，望着我质问："你为啥打我？"

"打你是应该的，谁让你偷俺家的梨子！"我暴跳如雷，再次上前揪住他的衣领，将他拖起来又猛地向后一推。小南京一屁股跌在地上，"哇哇"大哭起来。

我用手指着小南京大声斥责："以后别再碰俺家的梨子，否则看我怎么收拾你。"正要离开，母亲赶到了，她看到地上的小南京，赶紧上前去想把他拉起来，谁知他反而要起无赖。母亲只好作罢，生气地顺手朝我脑袋上打了一巴掌。

过了一会儿，小南京被奶奶牵着手找上门来了，他奶奶大老远便叫嚷开了："你怎么能欺负俺？你怎么能揍俺？"

我闻声从屋子里冲出来，对他们祖孙俩大声说："偷了东西难道不该揍吗？"

"谁偷东西了？不就是摘了你家几颗青梨子吗？"

"这不叫偷叫什么？"

双方正在争执时，母亲推掉手里的活来到我们跟前，先将我拽回屋里，然后又向祖孙俩赔不是，说了很多好话，总之，都是我的错，不应该那样对待她家的孩子。不谙世事的我哪里知道母亲这是为了息事宁人，我还对母亲很有看法，一天都没有搭理母亲。

小南京的奶奶从他的衣兜里掏出那几个梨子，扔在我家门口，接着朝小南京的屁股上打了几下，狠狠地说："叫你嘴馋！叫你手贱！"然后拉着孙子走了，边走边说："不就摘了几个烂梨子吗，你看人家心疼的，以后，不准你再拿人家的东西，不听话就将你的手掐断……"

"不安稳的日子还在后头呢。"母亲叹息说。

后来，事情果然像母亲所言，梨树使我家再次陷入邻里矛盾。

最后，树上只留下四颗即将成熟的梨子。望着这四颗幸存的梨子，我心里很不是滋味。庆幸的是，毕竟保住了四颗，总算给了我们一家人一丝安慰。

我在心里盘算着这四颗梨子成熟后的去向：一是送给本村年迈的老寡妇，她无儿无女很可怜；二是送给我的数学老师，他对我非常关心；三是送给同窗好友三立，我们俩几乎形影不离；四是留给家里人，大家都为梨树操了不少心。

这四颗梨子成为我家一道亮丽的风景，为原本单调的院子增添了一份情调、一份温馨、一份乐趣。我常想，要是硕果累累该有多好呀！可以送给更多的人。枝繁叶茂的时候，我躺在树下看书，是否也会有一颗梨子掉下来，砸中我的脑袋……

计划赶不上变化，那四颗梨子真可谓命运多舛。尽管全家人都在为它操心，尤其是年迈的奶奶，为了怕被小鸟叨啄，几乎整天坐在门槛上看着，一见到有小鸟莅临，就会用不兜风的嘴巴发出"呜呜"的声音，还用手中的拐杖敲打，想方设法把小鸟吓跑。

有天深夜，我被母亲推醒，她轻声说："院子里好像有动静。"我赶紧翻身下床，顾不得穿衣就去将门闩拉开，夺门而出。只见一个黑影从院子的围墙上翻越过去，我紧接着又去打开大门，看到一个熟悉的背影消失在明亮的月光下，此时的我有些头皮发麻，壮着胆子喊了几声"抓小偷"。

再回头看看那四颗梨子，已经荡然无存。整棵树仿佛刚被侮辱过，显得无精打采。

我将看到的情况和嫌疑人对象告诉了母亲，母亲却认为不太可能。在她眼里那个人还是很老实的，不应该会做出这种事情来。我却坚持认为就是那个人，因为他的身高、胖瘦，跑步的动作我都非常熟悉。

　　翌日傍晚，那个人反倒主动找上门来，来个恶人先告状，说是我们家诬陷他偷了东西，气势汹汹，丝毫也看不出老实的样子。母亲又连忙赔不是："俺没说是您偷的，俺没说是您偷的……"在母亲的好言相劝下，那个人才算罢休，骂骂咧咧地悻悻离开我家。

　　此时的我憋了一肚子气，便朝梨树撒气，狠狠地踹了几脚。母亲更是抱怨说："当初就不让栽种，你们却不听话，干脆砍了吧，免得以后再惹事。"

　　我也是有些赌气和冲动，于是拿起斧头朝着梨树就是一顿乱砍。由于四周的树皮被剥落，树很快就干枯了，后来变成了烧柴。从此，我家里又恢复了往日的安宁，我们家的院子又变得和别人家的院子一样单调和平庸了。

织布

　　"唧唧复唧唧，木兰当户织"，北朝民歌《木兰诗》开头的两句，将一幅手工织布的生动画面展现在人们眼前。然而，1500 年后的 20 世纪 70 年代初，在我的老家，仍然还能听到手工织机的"唧唧"声。

　　手工织出的老粗布远不如出自现代大机器的洋布精致细密，但对手中缺钱的农人来说，穿粗布既经济又实惠。此外，即使有钱买洋布，还要受到定量布票的限制。

　　棉花可以自己种，线可以自己纺，布可以自己织，织好布可以自己做衣服，完全可以自给自足。即使自己不能织，只须花很少的手工费就可以请人代织。

　　手工织布是和农人生活的艰辛紧紧连在一起的。从事织布的手工业者所要经受的艰辛也同样是今人无法想象的。记忆里，母亲在外面就是田间劳作，在家里大多数的时间就是织布，像个铁人一样不知疲倦，夜以继日。由于儿时常常帮着家人干些力所能及的活，所以至今对整个织布过程记忆犹新。

织布过程很繁杂，要经过拐线、浆线、沌线、落线、经线、引线、闯杼、掏综、吊机子、栓布、织布等十几道工序，不经过长时间的实践是无法全部掌握其操作技巧的。仅上机前整线的工序就会让人忙得不可开交，恐怕只有经历过的人才会一说就明白。

拐线：拐线是织布前第一道工序，用纺车将棉絮纺成的线团（俗称"棉穗子"，呈椭圆形，中间粗两端细）安在一根锭子上，把线缠到拐子上，再用拐子绕成线把儿（俗称"线几子"）。

浆线：浆线就是在盛有开水的大盆里或大锅里放上一定的面粉，搅拌均匀成面浆，然后把线放进去浸泡，等棉线充分浸透面浆后，再把棉线捞出来挂到浆线椽上晾晒。浆线椽长六七米，挺拔光洁，两头分别支撑在用棍子交叉捆绑而成的木架上。晒线时还要不断地抻线，以防棉线粘连，抻线大多用擀面杖插到棉线中间，慢慢提起，然后猛地往下顿几下，发出"砰砰"的声音，从而使线变得更有光洁度和柔韧度。

落线：把浆好的线几子落到络子上。

经线：这里的"经"是动词，即把络子上的线合成。经线也是最壮观的场景。布准备织多长，线就要经多长。经线就是把散乱的棉线整合在一起，在两头各揳四个木橛子，抽出络子上的线头，一个一个穿过线络子，拢成一把，慢慢向外抽，挂在橛子上，如此循环往复。这道工序需四个人配合，一个抻线，一个看筒，两个挂线，忙得不可开交。

引线：引线是整个织布中最细致的活儿。引线的关键是把每一根线依次从类似梳头篦子的杼隙里穿过去，一根都不能乱，可用成语"丝丝入扣"来形容。大家把穿过杼的线接在一起，用光光的细竹板挑起来，卡在织布机的笙子上，当把所有梳理好的线完全卷到笙子上时，就可以织布了。

以上程序虽复杂，但仅仅是整理经线的过程，是前期的准备工作。

在织布的整个过程中，织布者和全家人都要为之付出艰辛的劳动。

生手刚上机投梭扳杼配合不熟练，投梭时，用劲过大梭子就会掉在地上，用劲过小梭子就会卡在线中间。而熟练的织布人手脚配合十分默契，双脚上下踩动踏板交相呼应，以使机综带着经线上下张开，两手扳杼投梭左右开弓，左手抓住杼框来回推拉，右手牵住机绳有节奏地向下拉，以便机梭准确地向左右两边滑动。梭子如飞，在线中来回穿梭，织布声节奏感很强。全身各个部位都要和织机协调运作起来。每滑动一次，穿过经线的纬线就被机杼紧压一下，这样，循环往复，布匹就渐渐形成了。这一动作用语言描述看上去并不复杂，但是真正做起来确实很难，儿时的我，曾经多次模仿大人去操作，都以失败告终。

织布人的动作既协调，又单调，可以说，织成的布匹上有多少根纬线，织布人的动作就要重复多少次。"鸡鸣入机织，夜夜不得息"，这句话将织布人的艰辛表现得淋漓尽致。读古诗词时，我还看到关于织纺的描写，比如《遣悲怀三首》里的"衣裳已施行看尽，针线犹存未忍开"、《子夜歌》里的"理丝入残机，何悟不成匹"……我还知道了元稹、木兰、刘兰芝、黄道婆等人都与土布有不解的情结。

我记事时，家庭织布业还很繁荣，几乎家家织棉布。每当晚饭后，母亲总是早早地坐在织布机上织布，一手推动着棕筘，一手拉着打梭的绳线，两只脚一上一下地踩着踏板，耳边传来"咔嚓、咔嚓"的机杼声。我家的织布机是桑树做的，坚硬厚重，那是奶奶最贵重的嫁妆。父亲迎娶母亲后不久，爷爷便病逝了，剩下三口人伴着织布机坚强地生活着。那台织布机里充满了辛酸和劳苦，更充满了对未来生活的希冀。

母亲可谓织布高手，那梭子就像活蹦乱跳的鱼儿在经线角里穿行，留下欢歌。

母亲的织布机响了二三十年，我也在机杼声里成长。早晨在机杼声中起床，晚上在机杼声中进入梦乡。我无法计算出母亲在织布机上双手穿梭过多少次，织出了多少布，熬了多少个深夜。儿时的我，在夜半起床小解时，总能听见那"嗡……嗡……"的声音。以前觉得中听，低低的像窗外的风中竹叶，又像院内的花间蜂群，后来听着就难受了，像无数的毛毛虫在心头蠕动。看到母亲坐在织布机上疲倦的身影，便劝说："娘，鸡都叫两遍了，您咋还不睡？"母亲似乎显得很轻松，笑着对我说："我过一会儿就睡，你好好睡吧，一早起来还要上学呢。"母亲后来说，在田间劳累了一天，晚饭后还是要上机，到夜深的时候，睡意上来，拧自己的肉都没有知觉，打不起精神来，在迷迷糊糊中仍然机械操作。由于坐得太久，下织布机时腿脚都麻木了，要用手帮助抬着才能下来。

夜晚，屋内有灯光的人家都会传出织布的声音。织机声飘荡在村庄的上空，交织在一起合奏出劳动者优美的乐章。

那时织布的目的只有两个：一是自己穿用；二是卖钱以维持家庭生活。

自己穿用需要很多工序。首先，将白布印染成花布，有时要反复印染好几次，才能定型，还要染成几种不同的颜色。其次，进行量体裁衣。用这种花布做成的衣物要穿用很多年，而且越用越柔软，越穿越舒服。有时，一件衣服兄弟几个要轮流穿，直至穿破为止，甚至打上补丁还要穿。

卖布挣来的钱主要用于日常开支，买些米油盐酱醋茶等生活用品。是当时家庭经济收入的主要来源之一。

手工织布也可以织出花条子布、花格子布。先将染好的经线按需要排列，再把染色的纬线按需要织进去就成了。这样的布料为贫穷农人的衣着增添了生动活泼的色彩。手工业者在极其艰苦的条件下，默默地为人们的衣着奉献出他们的心血和汗水，从而推动社会的前进，实属不易。

如今在我的老家，已找不到一架完整的织布机了，它们大都已销声匿迹，手织粗布也渐渐从人们的生活中隐退。然而，在悠长的时光隧道里，织布机却仍在向我和我的家人讲述着"半丝半缕，恒念物力维艰"的古老格言，传承着"自己动手，丰衣足食"的精神。手工织布是中国自给自足的农业社会的典型体现，积淀着深厚的人文情愫，在绘制历史画卷时，应该为其留下浓墨重彩的一笔。

做衣

　　20世纪80年代初，我家里添置了一台崭新的缝纫机。缝纫机表面呈黑色，机轮呈银白色，机头上还画着一只飞翔的凤凰，非常好看。那台缝纫机是父亲花了几个月的工资，托人从上海买来的，到我家里的时候，引得街坊邻居纷纷登门参观，眼里充满了好奇。有好事者打探价格，当父亲说出来时，听者很惊叹。

　　我四哥心灵手巧，学东西一教就会。恰巧当时他退伍回家没有事情做，父亲就让他开始摸索着使用缝纫机。学会制作服装也算是一门手艺，再说了，即使不以此营生，自己家人穿衣服的问题也就解决了。四哥很快便学会了简单的操作，但要真正掌握一技之长，还需要裁缝师傅言传身教。于是父亲就让他到隔壁的村子里去学习专业的裁缝技能。裁缝师傅，顾名思义，既能量体裁衣，又能开机缝制，既是服装设计师，又是制衣操作手。四哥的师傅虽然是男性，但做起衣服来非常精细，丝毫不让巾帼。他凭着一台缝纫机、一副台板、一把剪刀、一卷皮尺、一根篾尺和一块划粉便做起了师傅。这位师傅每年都能培养一批徒弟，学徒要自备缝纫机和各种附属工具，因此他几乎没有什么投入，也照样可以获取一笔不小的收入。

那时候市场经济还没有完全放开，物质匮乏，穿衣服主要还是靠手工制作，还要凭布票买布，每人每年仅几尺布票。除了"新三年，旧三年，缝缝补补又三年"的穿着以外，还选用轻便的化学纤维织物，如的确良衬衫，夏天穿上它，虽然透气性差、不吸汗，但还是很受人们的喜爱。外衣色彩是清一色的"老四色"，即黑、灰、黄、蓝，款式是单调的"老三样"，即列宁装、中山装、青年装。大约从20世纪80年代中期开始不用布票买布了，人们做的衣服数量才逐渐多了起来，花色质地也跟着丰富、提高了。

说到中山装我的记忆比较深刻，因为我曾经穿了好几年。中山装的两边上下各有一个口袋，而且是露在外面，左上袋盖靠右线迹处留有插笔口，下边的两个口袋显得特别大且棱角分明；肩袖相称，领子紧贴；五个扣子整齐排列；领口还有风纪扣，简单、美观、大方，穿起来显得人特别精神。在当时的市面上，普通的中山装是涤纶面料，做一件需要花费小几十元钱，高档的则是毛呢料，一件要一两百元甚至更多。四哥也给我做了一件涤纶面料的中山装，尽管有些肥大，穿上像个小大人，但似乎让我成熟了不少，同时也觉得有些滑稽，毕竟我只是一个十来岁的孩子。不过我穿着去上学，仍引来不少同学羡慕。由于身体发育较快，没过几年这件中山装就变小了，被弃之一边。父亲的毛呢料中山装则是在县城商店里买的，花了二百多元钱，是他几个月的工资。为了防止领口被磨坏，母亲在领口里层精心缝上了一圈白布，这样就起到了防护领子的作用。那件中山装父亲穿了很多年，直至后来严重褪色才不得不丢弃。那件衣服除了父亲穿外，平时很多左邻右舍的小伙子在相亲的时候，也会借去穿，不知被借用过多少次，堪称相亲的功臣。当初我只知道中山装是以革命先行者孙中山的名字命名的衣服，至于为何要设计成那样的款式，就不得而知了。直到参加工作以后，我才知道中山装的含义。

那时很流行用白色的确良布做假领子，主要还是因为物资紧缺，人们穿的衣服样式少、颜色少、花纹少。做一件衣服需要很多布料，而做一件假领子所需布料寥寥无几。假领子穿着很广泛，除了夏季不能穿，其他季节都可以穿，而且穿着很随意，既可以贴身穿也可以隔着衣服穿，只要不直接裸露在外面就可以了。

学缝纫要从最简单的锁扣眼、钉扣子学起，通过师传和自学，一点点积累手工、缝纫技巧，然后才逐步学量、剪、缝、熨等技能。缝纫是个细活，丝毫马虎不得。四哥使用缝纫机做活时最怕我在旁边，因为我常常做出危险性的动作，喜欢把手指抚在飞速旋转的机轮上，享受那种麻酥酥的感觉，这不但让四哥踩起踏板来费力气，更让他担心我的手指会卷到轮子里去。因此，他经常教育我，不要把手靠近机轮。

有一次，我趁四哥不在家，偷偷打开了缝纫机。当我正得意地踩着踏板玩时，四哥回来了，他看见我在玩缝纫机，吓了一跳。后来在我的央求下，他才开始教我怎么使用。他教我怎样把线轴拿掉，怎么练习踩踏板，又教我怎么安装线轴、怎么装皮带等。由于平时的耳濡目染，这些工序我很快就学会了。接着，他给了我一块破布，让我做一些简单的训练。我一边做，他一边在旁边看着，生怕我扎到手，并时不时提供指导。平时看着四哥脚踩缝纫机踏板很轻松自如，双脚并不离开踏板，只是脚尖与脚后跟前后上下压，缝纫机便随着脚步的速度，针尖上下飞速升降，发出很有节奏感的声响。等到我真实操作的时候，却很难协调起来，常常顾此失彼，手忙脚乱，做出来的活儿自然也不会好，线歪歪扭扭。就这样，我慢慢开始学着做鞋垫，一张垫子上密密麻麻都是线圈。线圈从不规则到规则，说明我的缝纫水平也在逐步提高。

四哥虽然掌握了缝纫的技能，但也没有把它当成营生的手段。他除了给家人缝制衣服，也免费为邻居们服务。凡来缝制衣服者，四哥均需用皮尺量其肩宽、胸围、腰围、臀围和裤脚、手腕等部位的尺寸，并记在笔记本上，再用划粉在布料上标明顾客姓名，同时约好取衣日期。我家里也因此经常人来人往，人缘和口碑更是闻名乡间。

后来，随着生活水平的提高，大家都买衣服穿了，做缝纫活儿的次数也就越来越少了。四哥也到煤矿上班了，我也离开老家到了军营，那台缝纫机真正闲置起来了……那天，我参观民俗博物馆，看到了陈列的老式织布机与缝纫机，心中不由得充满了无限的感慨和对往事的无限怀念。

胞衣

　　在村庄的周围很容易就能看见那些东西，它们挂在低矮的树杈上，是部分家畜的胞衣。胞衣也称"胎衣"，是母体的子宫内和胎儿之间的组织，呈圆饼状，通过脐带和胎儿相连，是胎儿和母体的主要联系物。

　　儿时的我曾目睹母亲为母羊接生。如果赶在白天，母亲一会儿放下手中的活儿，跑到待产的母羊身边看看，一会儿又去忙自己的活儿，有时由于干活时间稍长些，等再到母羊身边时，小羊羔已经降生……

　　有时母羊也会在晚上分娩。昏暗的灯光下，母亲早早吃过晚饭守候在羊圈里。冬日里寒风呼啸着，看到母羊浑身瑟瑟发抖，母亲便把捡来的柴火堆在一起，点燃，火光与温暖顿时充溢了整个羊圈。窗外的风依然很紧。母亲一边挑弄着旺旺的火堆，一面抚摸着母羊的脊背，那情形，仿佛在无微不至地照顾自己的孩子。当生命在母体中孕育的时候，到底是一种什么情形，我不得而知。只看到母羊卧在那里不住地叫着，与妇女分娩发出的疼痛喊叫异曲同工，这是一种本能的生理反应，更是对新生命的母爱呼唤。

这时候，母亲撬开母羊的嘴巴把椿树棍儿放了进去，母羊尽管挣扎了几下，还是紧紧地含住。母亲这样做的目的是什么，我至今也没搞清楚。母亲继续在母羊身旁坚守，眼神中充满着爱怜和期盼。不知又过了多长时间，第一只小羊羔出生了，接着是第二或第三只甚至更多，母羊此时疲惫至极，母亲抱了一些麦草放在母羊的身子底下。被剪断脐带的羔羊们已经在试探着站起身来，它们浑身颤抖着寻找母亲，寻找一脉奶水的浓香，那样的姿势虔诚而纯净。

当晚，母亲会让我挑着灯，她把羊的胞衣挂在一个树杈上，不让馋嘴的狗猫看到，这样家里的羊就会平安繁衍下去。母亲在说这话的时候极度虔诚，仿佛村子里所有的生命都与天地紧密连接在一起，也许有一根无形的脐带吧，岁岁年年向村庄输送着不竭的爱怜。

我问母亲，自己出生时是不是也有一件带血的胞衣，被挂在村子里的某棵树上。母亲说，不是，男儿的胞衣往往被深埋在门口的大树下，有栋梁之意。不谙世事的我哪里知道，母亲是渴望自己的孩子都能够成为家里的栋梁，能够跳出农门，能够成为有用之人，能够光宗耀祖，能够护佑母亲守望的家园日益昌盛。

在那贫瘠的日子里，母亲总共生育了我们兄弟六人，到底怎样才能积蓄到更为丰沛的奶水，以安慰嗷嗷待哺的我们？无法想象，我真的无法想象母亲到底经受了多少苦难与泪水，才终于熬干了自己的青春，换来我们的茁壮成长。

母体，母性，母亲一样的乡村啊！是我一生的居所，是我永远的胞衣。

刻钢笔

　　上小学时，同学们用的都是铅笔，升入初中后，才开始使用钢笔。这感觉就像鸟枪换成了大炮。

　　那时候生活还很拮据，大家用的都是不足一元的普通钢笔。别看这不值钱的钢笔，如果谁不小心弄丢了或者弄坏了，也会很心疼。钢笔用久了，笔尖会被磨得粗糙，写字没有棱角，还会漏墨水，扔掉又舍不得，只好凑合着用，有时会搞得双手都是墨水。钢笔几乎是我们形影不离的伙伴，也可以说是手里最珍贵的宝贝。此后，钢笔一直陪伴我读完初中、高中到毕业。从 1989 年参加工作到 2000 年，钢笔始终是我不可缺少的书写工具。

　　在众多的同学当中，家中最有钱的当数女学习委员张丽，她不但长得漂亮，而且穿衣也时尚。她用的笔，也是班上最好的，我们用的钢笔都是塑料外壳，她用的则是金属外壳的，应该是用不锈钢材料做成的吧。她的钢笔头和我们的也不一样，我们的钢笔头是露在外面的，她的是缩在笔管里的，只露出细细的笔尖。我曾经借她的笔写过字，书写流畅，的确好用。

冬季的一天，学校里来了一位修钢笔的师傅。师傅骑着一辆破旧自行车，自行车的大梁上还有一个布袋子，与邮递员的邮包类似，里面装满了各种钢笔零件。他除了会换笔尖、笔舌、笔管，还会在钢笔上刻字。每次课间，他的身边都会围拢好多同学，大有争先恐后之势。

　　一支笔，无论坏到何等程度，一旦到了修笔师傅的手里，瞬间就会起死回生。而且他修笔要价不高，一般也就几毛钱。刻画是他的副业，在钢笔上刻一个名字，或一幅山水、花鸟画，只须两毛钱。如果名字与画同时刻，也只要三毛钱，算是薄利多销吧。只见他用刻刀动几下，一幅画便呈现在眼前。有的人喜欢在笔身上刻画，有的人却喜欢刻上自己的名字。师傅刻过后，用颜料涂一下，再用抹布一擦，原本很普通的一支笔瞬间变得灵动起来。

　　班上的同学大都在钢笔上刻了图案，这让我的同桌刘思羡慕了很久，也梦想了好久。因为他曾经拿着自己的钢笔找到师傅，结果被告知他的钢笔已经没有刻的价值了，刘思听后很沮丧，看来只有买一支新的钢笔了。可怎么去和家人说？他在苦思冥想后还是一筹莫展，于是请我支招儿。我思忖良久，终于想到了一个办法：跟家人说钢笔丢了。在被家人一顿训斥后，他终于如愿以偿。第二天，他就让师傅在新买的钢笔上刻了自己的名字和一只老鹰的图案。

　　曾几何时，钢笔成为有文化的人身份的象征。但凡文化人总少不了钢笔，或随身携带，或放在家中。记忆里，老家一些没有多少文化的小伙子在相亲时，上衣胸前的口袋里也少不了要插上一支钢笔，以显示自己"喝过"很多墨水，是个有文化的人。父亲的"英雄"牌钢笔不知被村里的小伙子借过多少回，这些早已成为笑谈。

　　自从电脑走入人们的生活，钢笔被重视的程度大为降低，使用钢笔书写的机会也越来越少了。即使有书面的文字，也都是选择廉价的签字笔，用完了就扔，省事又便捷。

　　在钢笔上雕刻已成为一门消逝的手艺，只能留在美好的回忆里了。

刻蜡纸

铁笔在钢板上刻写蜡纸时会发出"吱吱吱"的声音。这种声音虽早已绝迹了，却常常萦绕在我的耳畔，它充斥着我整个青少年时期。

最初听到刻蜡纸的声音，我便充满好奇。那时我读小学四年级，我们的试卷都是通过刻写蜡纸，然后油印出来的。有一次，我去老师办公室，看见班主任正伏在桌子上全神贯注地刻蜡纸，甚至连我喊报告的请示都没有听到。我走近细看心里感到既新鲜又羡慕，跃跃欲试，多想亲手刻写一张蜡纸啊。

我最早尝试刻蜡纸是偷偷摸摸进行的。那是刚上初一的时候，我哥哥正好是我的班主任，他经常将蜡纸和钢板带回家，利用夜晚的时间刻写。有一天，等他中途离开座位时，在旁边学习的我趁机过去，拿起刻笔模仿着哥哥的字迹刻起来。还没刻几个字便听到他的脚步声，我立马回到自己的座位上，心里很忐忑，结果居然没被发现。

我真正刻写蜡纸是在初二那年。班主任老师见我的硬笔字还可以，便把我叫到办公室，交给我任务，帮助老师刻试卷。真是说起来容易做起来难，刻写蜡纸讲究技巧。首先要用力均匀，既不能过轻也不能过重。轻了，印出来的字迹就会模糊；重了，就会把蜡纸刻破，印出来的试卷就会出现漏墨，漏墨处会出现浓重的墨迹，同样影响字迹的清晰。其次是要讲究整体布局。行距、字间距都要保持均匀，而且每行都要尽可能平行。刚开始，老师不敢让我一个人独立完成整张试卷的刻写，只让我当个副手，刻写一小部分，经过一段时间的练习，才慢慢开始让我独立刻写。当我刻写出一张完整试卷时，成就感油然而生。

那是一个文学大复兴的年代。学校成立了文学社团且美其名曰"西北风文学社"，招募社员时我报名参加并被录用了，成了一名编辑，每月负责发行一期。记得第一期还是校长亲自为社刊《西北风》写了发刊词。几个社员在一起商议稿件以及如何排版，等确定下来后，刻写的任务就交给了我。为了不影响白天的学习，我只好将钢板蜡纸等带回家里挑灯夜战。功夫不负有心人，一连辛苦了几天，我终于完成了刻写任务。

接下来就是油印了。那时，好像整个学校就一台油印机，由于试卷较多，我们的文学社刊物只能见缝插针。之前我曾帮助老师印刷过试卷，但多是打下手，或帮着翻页或推印，整个流程倒是没有亲自完成过。所以这时我只好硬着头皮干，不好意思再请老师帮忙。我和另外一名同学先把刻写好的蜡纸小心翼翼地往油印机模子上的纱框上粘贴，然后一点一点地在手动推墨辊上蘸油墨并调匀，蜡纸贴歪贴皱或油墨不匀，都会造成有的字印不出来、有的字洇成一块墨团，所以要非常细心，甚至要反复多次。一切调整好以后，我和同伴一人负责油印，即左手扶着模框，右手使劲推墨辊；一人负责把印好的纸张，一页一页取出来，齐整地摆在一边，等字晾干。如此分工合作，一人操作累了，便两人调换操作，待所需数量印制完毕，已是深夜时分。而且弄得手上、身上满是油墨，虽然样子狼狈不堪，但心里却充满快乐与成就感。

散发着油墨芬芳的《西北风》在全校散发开来。看到校领导都在捧读我们的油印小刊，看到业余作者们脸上满意的笑容，我也有了与大家一样的快乐与憧憬。我们在艰辛中收获着友谊，收获着成功的喜悦。有一位业余作者把我们简陋的小刊寄到《垦春泥》杂志社，该杂志有一期开辟专栏选登了我们的作品，还配发了评论文章，对我们的习作及文学社给予了高度评价。这更加激发了我们的干劲，促使几个负责人更加精益求精，决心办出高质量的校园刊物。也正是从那时起，我爱上了写作与阅读，这为我后来因笔耕不辍而成为业余作家奠定了基础。

转眼间，30余年过去了，那种刻写蜡纸、手推油印的年代早已成为回忆。如今每得到一本新书，我都习惯性地先嗅嗅书香，那淡淡的墨味，让我回想起那些与蜡纸、油墨亲近的时光。

交公粮

记得小时候每年五六月份，农人会收到一张售粮证，上面清楚地写着农户要交多少斤公粮。这是硬任务，必须要完成。

我每次都会帮着父亲在后面推平板车去交公粮。推着推着，就感觉双腿像灌了铅似的沉重，父亲也大口喘着粗气。我机械地低头数着自己的脚步。不知过了多久，父亲吆喝了一声："粮管所到了。"我抬起头，被眼前的阵势惊呆了：只见粮管所的大门洞开，前来交公粮的车队从院内排到了大门外二三十米远的地方。车队中，除了罕见的几辆拖拉机外，多是人力或牲口拉的平板车。此时，车挨车、人挨人。有的人手里拿着草帽，一边扇着，一边期盼，一边埋怨；有的人脸上挂着汗珠；有的人背部湿了半截。车队以蜗牛般的速度向前挪动。火辣的太阳炙烤着大地，地球像是要烧着似的，粮站外一棵树都没有，两边的排房墙上还残留着白底红字的语录。我嗓子冒火，嘴唇焦裂，张着嘴巴，像一颗晒干的贝壳。

虽然收成不错，但是大家的脸上似乎没有露出喜悦，因为交公粮的时候，还要看粮站工作人员的脸色。终于，我和父亲挪进了粮管所的大门。粮站工作人员一边神气地叼着"大前门"香烟，一边拨拉着算盘，一把木椅子坐落在磅秤旁，椅子边立着把黄色的特大油布太阳伞，那个神气劲儿，俨然旧社会的地主神态。尽管如此傲慢，交粮的人对他们也不敢有丝毫的不敬，甚至还要拍拍他们的马屁，奉承几句，因为他们有"生杀"大权——说好就好，说不好，就要退回去晒上两三天再来，那可就麻烦了。

"快点快点，我们该下班吃饭了。"工作人员催促着。父亲赶紧把口袋搬好，来不及擦汗，先给工作人员递了根烟，那人一边打着哈欠一边伸着懒腰，顺手接过香烟放在磅秤上的账本边，那里已经放了不少根香烟，横七竖八躺着。

接着，只见那人拿把像刺刀一样的东西，快速捅进了"蛇皮"袋子，那个刺刀中间有个槽，拉出来时，槽里会带出些麦粒。而后那人熟练地倒到手掌里，拿几颗放到嘴里，嘎嘣嘎嘣地咬咬。父亲一直赔着笑脸。工作人员果断地一摆手，一边朝着父亲说"好了好了，搬下去吧"，一边把咬过的麦子向磅秤边的地上吐出来。父亲把袋子逐个往粮仓里扛，粮仓的入口在两头，要上一个五六米高的台阶，搬上去后，打开袋口，往下倒，倒完了把袋子收好，从上面小跑下来，顺手把空口袋给我，让我挂在平板车的角上，他再把另一袋搬上去，几趟下来汗流浃背。

工作人员开好收据，父亲仔细收好便去拉车。我坐在平板车上，脑子里一大堆迷惑：交粮怎么都拿不到钱？为什么要交给他们？自己的东西怎么就不能卖钱呢？一边想着，一边还惦记着父亲该给我买什么吃的，不过，父亲好像并没有那个意思，只顾拉着车子往外走。

走出粮站，在门口遇见卖棒冰的，父亲给我买了根五分钱的绿豆棒冰。我赶紧贪婪地吃起来，父亲看到我的馋猫样开心地笑了。那感觉，那心情，至今都印在我的脑海里。

书信

　　搬家时不经意间翻出几封泛黄的信笺，从邮戳上看，这些信笺有些年头了，信封上贴着面值 8 分的邮票，那时候 8 分钱寄一封信。小小邮票里承载着多少温暖和爱的故事，走遍千山万水；陈旧的信笺，尘封了多少逝去的光阴。打开记忆的阀门，关于书信的美好青春岁月仿佛又展现在眼前。

　　我不禁想起公社邮政所门旁的那个孤零零的绿色邮筒，不管刮风下雨、严寒酷暑，总是静静地伫立在那里；想起穿着绿色衣服骑着绿色自行车带着绿色邮包的邮递员老徐，整天在乡间的小路上奔走，把许多家庭焦急的等待和期盼，变成一声"你家来信啦"的热情呼唤，从而使得收信人笑逐颜开，无比喜悦。

　　我频繁接触到书信时还未上小学。那时，书信仿佛是人们联系的唯一方式，与亲人传递情感，只有靠书信往来。见字如见面，家书抵万金。许多不识字的父母因思念在外地的亲人，常找人代写书信，而父亲就是经常帮助左邻右舍乃至半个村子写信的人。村子里的人只要收到信或者想写信，都会找到父亲，说明意图，父亲便开始撰写，由于白天忙着教书，只好晚上挑灯。在春节前夕，找父亲代写书信的更多，因为要过年了，期盼着远在外地的亲人能够给家里邮寄点钱，用来购买年货。父亲通常是先写一个初稿，念给要求写信的人听，当对方认为意思都表达到了，满意了之后，父亲才开始正式誊写。如果认为有些地方不满意，父亲就会现场修改，边修改边念给对方听，直至对方满意为止。父亲代写的信收到回复以后，收信人也会拿给父亲看，让父亲讲讲书信的内容，当读到好消息时，比如对方已经汇款等，父亲和收信人都会很高兴，此时父亲满脸的自豪感就好像又一次圆满完成了任务，心里美滋滋的。父亲撰写的饱含墨香与温情话语的书信，经过绿衣使者辛勤传递，跋山涉水后终于到了亲人的手中，虽然只有片言只字，却流淌着亲情和温暖。

父亲纯粹是热心助人，分文不取，有的人则专门以代写书信营生。父亲带我去赶集的时候就多次见过代写书信的人，邮局门外的屋檐下，一张旧条桌，两个木方凳，桌子上摆放着一块小木牌，上写"代写书信"。每次遇见，那位戴着眼镜的老者似乎都不闲着，慢条斯理地代写书信，身边总有人等待。

不几年，哥哥参军了，我家才真正有了自己的书信。哥哥每隔一段时间都会往家里寄信。哥哥所在部队驻扎在云南边陲，当时中越有战事，为此，父母亲吃不下饭、睡不好觉，把所有的牵挂、担忧和焦虑都寄托在哥哥的来信上。每当天上有飞机经过、树上有喜鹊叽叽喳喳或远远看到邮递员老徐骑着自行车过来，母亲都会急切地问我："有你哥哥的信吗？"我清楚地记得，父亲每次接到书信都会流露出迫切的神情，几乎用颤抖的双手小心翼翼地打开信封，展开信笺逐字逐句阅读，有时会一连读上好几遍，然后再将内容分享给奶奶和母亲等人。

我的书信"生涯"开始于20世纪80年代初期，父亲开始让我给部队里的哥哥写信，有时以我的口吻转达家长的意思，有时是父亲口述我执笔，旨在锻炼我的写作能力。在父亲看来，我会写信，就是长大了。

我参军后，与家人、亲友、同学的书信来往渐渐多了起来。尤其是在入伍的第一年里，由于刚刚离开家，离开亲人，心里难以割舍，加上极其艰苦的军事训练，一颗心似乎总是焦躁不安，思亲之情更加强烈，但表达的方式只有通过书信。我担心父母亲的牵挂，每周都给他们写封信，基本原则是报喜不报忧，多是领导的关心、战友的帮助、受到了表扬等，而对训练的艰苦、家乡的牵挂丝毫不会提起。父母亲在一次回信中曾点破了这个问题：知道你在信里说的都是好听的话，人有一颗向好的心，就是好的开始，男子汉任何时候都不要把苦和难放在心上，那样太沉重，走不远……

于是写信、发信、等信、读信、回信，在那些日子里，几乎是我一个新兵的核心精神活动。与家人的联系就在书信上，一来一回，要七八天甚至更长时间，从发出家信到接到回信，那颗心就悬在空中。信发出去后，便急切地盼着回信，我至今还清楚地记得小小的邮箱带给我的种种思念和渴望。每当从训练场返回宿舍时，我都会往连队文书那里跑，看看是否有自己的书信，一旦收到来信，便立刻拆开，如饥似渴地一口气读完，之后又反复阅读，有时读着读着就会模糊了双眼。时间和距离，在那时候是真实存在的阻隔，用"望穿秋水"来形容最恰当不过了。

距离让天各一方的亲人相互思念，书信为彼此思念着的亲人搭起了互通音信、交流思想、维系感情的桥梁。我是在饱蘸亲情、深藏爱意、寄予厚望、相互激励的家书中日渐成熟起来的，对这种"抵万金"的特殊文体和沟通方式十分厚爱。一封小小的书信，带给我的不仅是感动，更多的是温暖和向上的力量。字原本是一个个没有灵魂的躯壳，但倾注了亲人延绵无尽的爱之后，就成了鲜活的生命体，发出微弱的光，照亮了我的人生之路，鼓足了我砥砺前行的信心和勇气。

只是近些年来，随着电子产品的迅猛发展，书信这种传统的沟通方式，已经或者正在被各种更加快捷、更加逼真的现代交流载体所取代，那些"见字如面""此致敬礼"等曾经的书信热词，都成了几乎不会再用的字眼。一个迟缓的、因长久音信不至而使亲人饱受思念之苦的时代，已经一去不复返了！随之而来的是人与人之间的距离缩短了，空间拉近了，但人与人之间的心理距离却远了，情感深度也变浅了。

记得当年季羡林先生曾说过："抢救民间家书，就是传承家书文化，守护亲情家园，用亲情力量维系家庭的和睦，共建和谐社会。"所以说，书信是一种传统文化，是每一个中国人的心灵归宿和精神家园，书信维系情感的力量是绵长而深远的。

生活需要的不仅是高效奔涌的一往无前，有时候，停下脚步，在慢生活里蓦然回首，也是一种宁静的美好。因此，书信虽然渐渐远去了，但它的魅力依然令人回味与难忘。

回家的路

　　人离家有多远，回家的路就有多长。

　　我的故乡位于苏北的最西北部，是一个偏僻的小村庄，以前交通闭塞，外出要步行五六里的羊肠小道才能看见公路。那里距离我现在定居的城市徐州约一百公里。儿时的我做梦也没有想到，自己将来会在徐州定居。

　　记得我第一次到徐州是跟着父亲到驻徐某部队探望服役的哥哥，时间是 20 世纪 70 年代末，当时的我还不足 10 岁。那是我第一次出远门，也是第一次坐长途汽车。

　　当时的徐丰公路路面狭窄，而且崎岖不平，坑坑洼洼，路上很难见到汽车的影子，更多的是马车、自行车、平板车及行人。拉人拉货的骡马车车速慢，左摇右摆，上下颠簸。长途汽车也非常破旧，行驶中，噪声很大，屁股后面老是冒着黑烟，如同一头负重的老牛在逼仄的公路上蹒跚前行。路旁断断续续的柳树东倒西歪，一幅萧条冷落的景象。

　　从一大早乘坐长途汽车出发，直到下午一点多钟才到达徐州城，可谓长途跋涉。当时恰逢暴雨袭扰徐州城，我路过的整个庆云桥面都被洪水淹没，满大街都是水，行人在水中摸索前行。当时被水淹没了的徐州城的景象，至今还留存在我的脑海里。

离开徐州后的大约十年时间里，我一直在老家苦读，再没有机会出远门坐长途汽车，最多到县城，但也是骑着自行车。

直至20世纪80年代末，我才得以出远门第二次来到徐州，那是我真正离开老家参军到部队。当时的国民经济发展已经取得很大进步，坐在长途汽车上，已经能明显感受到徐丰公路的变化。旧貌换了新颜，原先的石子沙子水泥路面已经变成沥青柏油路面，原先比较弯曲的道路也被废弃了，从附近开辟了很直的新道路，老路仍然保留着，但上面只有很少的人行走，已成为名副其实的二级公路。行车时间大大缩短了。

在进入21世纪的前后，每次回乡探亲我都能感受到道路的变化，不是拓宽了就是路面重新整修了。总之，小汽车的行驶速度在不断加快，通常在两个小时之内就可以到达。

令我意想不到的是，前几年，徐州至老家也通了高速，是徐州至山东济宁的高速公路。老家距离高速出入口不远，仿佛一夜之间，我们这个偏僻的小村庄就进入了"高速时代"，回老家的时间又缩短了。据说，不久后，紧挨着村子的南边还要修一条通往山东菏泽的高速公路。高速公路门前过，这真是做梦也没想到的事情啊！

四十年沧桑巨变，家乡日新月异，如今偶尔回老家再走徐丰一级公路都嫌慢了。

其实，在路上行驶的速度虽然快了，但它的实际距离并没有变。有时，速度越快，被忽略的东西往往就越多。而且，无论用什么样的方式赶路，我总是要回家的。

老家作为往昔岁月的一部分，我的生命、我的童年、我的少年、我充满梦幻的心灵旅程都是从那里开始的。迄今为止，我一生中最重要的伙伴大多还在那里。老家是我人生的大本营，是我魂牵梦绕的地方，即使到了天涯海角，我也不可能不回去。

回家的路，是我生命中最长的路。

第三辑　食物

检验热粥的好坏是以喝完热粥的碗里有没有渣子为标准，只有碗底很干净才算是好粥。好的热粥白稠如膏、豆香浓郁，靠近时独特的粥味弥漫开来，深吸一口沁人心脾。喝热粥不用勺子且要趁热，沿着碗边"吸溜吸溜"一口口转着圈儿喝才够味，醇香连绵不绝……

煎包与热粥

　　老家人最爱吃的早点就是历史悠久的水煎包与热粥，后来为了增加地域元素和丰富文化内涵，便美其名曰"高祖煎包"与"帝王粥"。煎包选料讲究，其状扁圆，上下呈金黄色，外酥里鲜，口感甚佳。因其馅不同，又分为羊肉、猪肉、素菜等多种口味。不论哪种馅都离不开本地产的粉丝，粉丝在里面似乎成了绝配。

　　煎包的制作方法并不复杂。先用擀面杖将发酵好的白面团碾压成类似饺子皮的形状，但比饺子皮约厚一倍，然后将调制好的馅料放进去，接着将皮对折后轻压一下边口即成型。将包子放入烧热的平底锅内盖上锅盖，约两三分钟后，打开锅盖加入面水，再盖上锅盖，约三四分钟再打开锅盖浇上植物油，底部呈现焦黄色时，用铲子将包子与锅底分离，再将包子翻个身，接着盖上锅盖，稍等片刻即可出锅装盘。煎包底部金黄，焦酥，馅料浓香可口，色香味俱佳。刚出锅的煎包，因兼得水煮、气蒸、油煎之妙，脆而不硬，软而不塌，香而不腻，味道鲜美至极。清人袁枚在著名的《随园食单》中写道："熟时不但肉美，菜亦美，以不见水，故味独全。"其实，煎包的独特工艺和传统秘方的神韵也大致如此。

说到这里使我想起儿时跟着母亲赶集买包子吃的情景。

当时给我印象最深的就是集市上的小饭铺，里面最高档的饭食就是包子，包子皮是纯白面，馅里还有肉。我闻着包子的香味，连连咽下口水，大有垂涎三尺之感。

母亲拉住我的手，没有在包子铺前停留，而我的目光却久久不肯从包子铺上离开。走过包子铺前的那几步路，显得那么漫长而沉重，包子铺仿佛有磁性吸引着我，有些拔不动腿。直至包子铺在我的视线里被人流湮没，我的目光才转移到别处。

后来，我又跟母亲赶集。过了晌午才把背去的东西卖完，母亲看出了我的心思，领我到饭铺前，从贴身衣服上缝制的布兜里，掏出用手绢包了一层又一层的几张小额钞票，拿出一毛钱递了过去。卖包子的师傅用一片小荷叶包上两个包子，递到我手中。我把包子凑到鼻子前，真香啊！我先让母亲咬一口，母亲推辞说不饿，我哪里知道母亲是舍不得吃。我也舍不得大口吃，唯恐包子一下子进了肚子，于是慢慢地一小口一小口地咬着、嚼着，充分享受着美味。

当时我心想：天下最好吃的就是包子了，等我长大挣了钱，一定让母亲天天吃包子。回家的路走得十分轻快，已经进肚的包子香味依然在我舌尖缠绕不绝，我盼望着下一次母亲带我赶集还能吃上包子。

再后来，我当了兵，服役十多年又转业到地方工作，时间一晃，四十余年过去了。去年返回故乡又特意品尝了煎包，可是再也找不到当年的感觉了，因为一切都变了。

与煎包最搭的是热粥。热粥以大豆、水为主原料，其做法虽简单，但稀稠很难把握，完全由掌勺师傅凭经验控制。检验热粥的好坏是以喝完热粥的碗里有没有渣子为标准，只有碗底很干净才算是好粥。好的热粥白稠如膏、豆香浓郁，靠近时独特的粥味弥漫开来，深吸一口沁人心脾。喝热粥不用勺子且要趁热，沿着碗边"吸溜吸溜"一口口转着圈儿喝才够味，醇香连绵不绝。这种粥比豆浆浓得多，一口一个窝，口感极细爽，还稍微带着些焦香，一碗下去，舒心养胃，用家乡话形容——"赏润"（舒服）。

糖醋鲤鱼

鲤鱼在鱼类家族里是很普通的成员，所以也就成了人们餐桌上的"常客"。徐州人尤爱吃鲤鱼，在酒席上如见不到鲤鱼，似乎觉得少了一道大菜。故在徐州，"无鲤不成席"已成食俗。鲤鱼的吃法有多种，但要将这个很寻常的食材做出独特的味道，大多要由专业厨师来烹制，所以也只有在酒席上才可以吃到味道非凡的糖醋鲤鱼，它因此也成为徐州地方的传统名菜。

据《徐州市饮食行业志》记载，糖醋鲤鱼最早的说法来源于黄河渡津重镇之洛口。洛口糖醋鲤鱼西传至秦陇、长安、三晋；东传至齐鲁与苏州、徐州等地，它也是这一带先人对黄河鲤鱼情有独钟的展现。这一带人之所以对鲤鱼如此重视，原因由来已久。《史记·孔子世家》记载：孔丘得子，鲁昭公以鲤鱼作为贺礼，孔子便给儿子取名孔鲤，他是孔圣人唯一的儿子。到了魏晋南北朝时，陶弘景说："鲤为鱼之王，形既可爱，又能神变，乃至飞越山湖，所以琴高（传说中的神仙）乘之。"陶弘景以及古人认为鲤鱼是一种吉祥水族，把它作为一种食物与馈赠品寓意高远，所以，"鲤鱼跳龙门"的故事在民间广泛传播。

大诗人杜甫曾在其《观打鱼歌》诗中提到徐州渔事："绵州江水之东津，鲂鱼鲅鲅（bō）色胜银。渔人漾舟沉大网，截江一拥数百鳞。众鱼常才尽却弃，赤鲤腾出如有神。潜龙无声老蛟怒，回风飒飒吹沙尘。饔（yōng）子左右挥霜刀，鲙飞金盘白雪高。徐州秃尾不足忆，汉阴槎头远遁逃……""陴（pí）湖绿爱白鸥飞，滩水清怜红鲤肥"则是大诗人白居易在徐州生活时写过的关于鲤鱼的诗句。由此可见，徐州一带形成的黄河鲤鱼饮食文化颇有渊源。

从古至今人们之所以偏爱吃鲤鱼，主要是中医学认为，鲤鱼性平，味甘，有健胃滋补、利水消肿、通乳之功效，各部位均可入药。现代营养学表明，鲤鱼的蛋白质不但含量高，而且质量也很高，人体消化吸收率可达96%，并含有能供给人体必需的氨基酸、矿物质、维生素A和维生素D等元素，鲤鱼的脂肪多为不饱和脂肪酸，能降低胆固醇，防治动脉硬化、冠心病等。

徐州还有个习俗，老人寿至73岁时，亲人都要送鲤鱼祝寿，用"鲤鱼跳龙门"的寓意来祝愿亲人健康长寿。故有"老人七十三，吃条鲤鱼蹿一蹿"的谚语。

做糖醋鲤鱼时，首先将鱼宰杀洗净，抽筋并去除肚内黑色黏膜，接着在两面用斜刀划，然后将料酒、葱姜末、花椒、茴香粉末、生抽等涂抹在鱼的全身并腌制约三十分钟。其间，将鸡蛋打破与淀粉调成糊状并加少许精盐。然后，把腌好的鲤鱼全身均匀挂糊后，放入70~80℃的油锅慢慢炸至淡金黄色，即把肉炸熟，捞出控油。在烹炸的过程中，一只手要抓住鱼头，一只手要抓住鱼尾，慢慢往鱼中间部位用力，此时的鱼形状变得弯曲起来，这样在油锅里遇热就等于慢慢定型。上桌前，再进行第二次挂糊、入锅过油，直至将鱼骨也烹炸酥脆为佳，有的甚至要过三遍油。

接下来便是熬制糖醋汁。熬制糖醋汁也需要细功夫。先在锅里加入少量的油、足量的醋、绵白糖等，文火慢慢搅拌谨防煳锅，直至颜色变成金黄，糖醋汁变得浓稠起来。如果需要的汤汁多也可以勾芡。熬制好之后迅速把剁好的大蒜末放入糖醋汁中，充分搅拌后均匀地淋到鱼身上，即可端上桌。

当糖醋鱼吃得只剩下头、尾与脊骨时，可以把残余部分二次利用，加入高汤大火煮上片刻，改成小火后开始淋上鸡蛋液，接着勾芡、放入精盐、胡椒粉、香菜等材料后起锅。此烹制过程称之为氽汤。

我不敢说，外地人来徐州吃过一次糖醋鲤鱼就会上瘾，但是我敢说，外地人吃了一定会记忆深刻，留有念想。这就是徐州糖醋鲤鱼之魅力所在吧！

羊肉

　　一方水土养育一方人，故饮食也有一定的地域特点。作为生长在自古被称为兵家必争之地的苏北徐州之人，骨子里透着豪爽的性格，在生活习惯上也是喜欢大碗喝酒大块吃肉。在众多的肉类当中，徐州人对羊肉偏爱有加，一吃就是数千年且长盛不衰。

　　徐州是彭祖的故国，彭祖是现代公认的中国烹饪界和中华养生学鼻祖。据西汉史书记载，四千三百多年前，彭祖的小儿子喜欢捉鱼，彭祖怕他溺水不同意他捕鱼。一日，小儿子又捉到一条鱼，因怕父亲责备，便让其母悄悄将鱼藏入正在烹煮的羊肉罐内一起烧制。谁知彭祖在品尝羊肉时感到异常鲜美，问清缘由便如法炮制，于是有了"羊方藏鱼"这道"天下第一名菜"。具体做法是将鱼置于割开的大块带皮的羊肉中，加上十余种作料同烹，文火煮炖，鱼鲜羊鲜合成一体，其味更鲜。相传至今，这道菜现已成为徐州特色名菜。

　　之所以成为名菜，主要因为这道菜内涵丰富。鱼羊同吃是一种合理的食物配伍，是最符合营养学的一种做法。羊肉性温，鱼肉性寒，温寒搭配，取其中和，益于滋补，因此，鱼羊同吃极具营养价值。从味觉上讲，鱼味腥，羊味膻，鱼羊配做，鱼借羊之膻而除其腥，羊借鱼之腥而除其膻，两相结合，除弊而得利。从汉字结构来看，鱼和羊组合成的则是一个"鲜"字。其实，和羊有关的汉字都比较美好，如"示羊"为"祥"、"羊大"为"美"等，这些组合都蕴含着人们对美好生活的夙愿。

近年来，徐州人又将羊肉的吃法进一步传承演变，做成全羊宴，即将羊身上的所有器官都做成美味佳肴。2006年举办了徐州首届伏羊艺术节，此后，每年进入初伏的那几天，徐州烹饪界的名厨们都要举行隆重的祭拜彭祖等活动，场面非常壮观，中国烹饪协会也因此授予徐州"中国伏羊美食之乡"的美誉。那几天，大街小巷的饭店也都纷纷主打羊肉菜品，引得食客们蜂拥而至，座无虚席。据媒体报道，每天要吃掉几十吨羊肉。

吃伏羊不但成为徐州一景，而且成为独特的饮食民俗现象。医学常说"补在三伏"，要以温食为主。而羊肉味甘性温，能益气补虚，是夏天进补，养阳气的佳品。在伏天吃羊肉有利于身体排汗排毒，将冬春之毒、湿气祛除，是以食为疗的创举，故有"伏羊一碗汤，不用开药方"的养生经验之说。

羊肉汤烧制过程十分讲究。先将宰杀干净的整羊肢解成八块左右，放在清水中浸泡两三个小时，捞出放入冷水铁锅；接着大火烧开，去除血沫污物，放入葱姜、白芷、香叶等，继续大火烧煮；大铁锅中的汤水被熊熊炭火紧紧拥抱着沸腾翻滚，羊肉、羊架、羊油和材料包若隐若现，一股特别的香味蒸腾弥漫开来，深吸一口沁人心脾；待肉熟至恰当程度捞出放凉，将骨肉剥离开，羊骨头可以重复煮汤，羊肉则被切成均匀的片状，筋道、清爽、不膻、口感极好。喝汤时将肉片与余好的粉丝一起放入碗中，加兑锅中滚沸汤水，薄薄的肉片，雪白的葱花，碧绿的香菜，红红的辣椒油互相依偎汤中，色香味俱佳，清爽利落，异常鲜美。

喝这汤，先不要急着大口吞咽，否则，便辜负了这一碗鲜美，更体会不出隽永悠长。应是嘴唇与碗沿亲密接触，小口吸入，清爽中含着香酸辣鲜，味觉在轻咽慢滑中全部释放了出来，能喝出感觉、意境和对生活的畅想与满足。不一会儿，便觉五脏六腑透热，浑身冒汗，及至半碗进肚定会汗流浃背，大有脱胎换骨之感！把湿寒气从骨缝里驱走，祛病强身，故有"汤治"之说。如果徐州人在伏羊节期间不喝上一碗羊肉汤，似乎就没有过好这个节。那场面，那阵势，怎一个"吃"字了得！

烙馍卷馓子

在徐州，但凡招待外地来的客人时有一道菜不可或缺，那就是烙馍卷馓子。雪白的烙馍薄而透，紧紧包住金黄色的馓子，馓子线条粗细均匀且排列整齐，看上去赏心悦目，吃起来软脆适中，满口留香，回味无穷。一些斯文的人形象地称之为"玉片裹金条"，寓意是说"吃了玉片卷金条，事事如意不操劳"。

据说，这种独特的吃法，距今已经有两千多年的历史了，而且还是汉高祖刘邦发明的呢！

当年刘邦和项羽争夺天下，用了韩信的十面埋伏之计将楚军包围在徐州的九里山一带。时值寒冬，终日围攻楚军的汉军将士很难埋锅造饭，将士们食不果腹，颇有怨言。汉王刘邦深知只有让将士们吃得方便、及时，又能吃得香、有营养，才能打胜仗。如何解决这一大难题呢？他苦思冥想良久，忽然眼前一亮，自己少年时代的一件往事在脑海浮现。

原来，少年时期的刘邦游手好闲。一天早上，他又来到哥哥家想混点吃的，一进门，看见嫂子正在院内做烙馍。他不顾嫂子的嗔怪，摸了两张便走，临出门还顺手在园子里拔了两棵小香葱。来到街头，看见本族大爷刘老汉正在炸馓子，刘邦于是上前要馓子吃。刘老汉知道他不好惹，便说："这刚出锅的馓子，只要你用手能拿住，就拿去吃吧。"刘老汉本想难为难为刘邦，没料到刘邦脑子转得快，赶紧将圆圆的烙馍摊开了，一下子包了两把热馓子跑开了。刘邦来到僻静处，扒掉小香葱的外皮，和馓子放在一起用烙馍紧紧卷上，张开大嘴狠狠咬了一口。天哪，香死了！他三下五除二就把烙馍卷馓子给吞下了肚。这天刘邦没有吃别的东西，也不觉得饿。

想到这里，刘邦大喜。于是立即命令伙夫们支油锅炸馓子，并把大营附近村里的小媳妇、大婶大娘们都动员起来，一起烙馍。

烙馍需要专用工具。首先是鏊子。鏊子为铸铁做成，中间微微凸起，四周趋于平缓，直径比烙馍稍大，四十厘米的样子，三足鼎立，足高三四厘米，易于稳定。还要有一根两头尖细中间稍粗的木轴子，既可以擀烙馍也可以用来翻烙馍。有的还准备了专用的翻烙馍的竹劈子，四五十厘米长，三四厘米宽，前梢椭圆扁薄。其次就要根据需要的烙馍数量和好一团面，放置一刻钟左右，然后在案板上反复地揉，不断地撒面粉，待面团表面均匀、光滑、无气泡后，然后揪出若干个柿子般大小的面剂子，再把小面团放在案板上，旋转着擀面团，眨眼的工夫，经过上下翻飞、跳跃后，面团就成了一张薄而透明、大如银盘的圆饼。接下来，把擀好的薄饼用木轴子挑到烧热的铁鏊子上，鏊子下的柴火烧得正旺，很快就将这薄饼烙出一个个鼓起的麻点，随之便闻到隐约飘来的烤面香，用翻馍竹劈子或木轴子小心地插进烙馍一角，沿鏊子底慢慢插至对角处挑起，翻过来再放鏊子上继续焙热，这时要注意将遇热翘起的周边压平，再慢慢地进行向心运动，让烙馍在鏊子上旋转，待背面由白变黄鼓起麻点时，再快速地反正两面焙几下，双面着色后，挑起来特别透亮，一张烙馍就烙好了。要做到烙馍不焦不破，一定要眼疾手快，不停地翻转，所以烙馍需要两个人共同合作完成，而且配合要默契。如此循环往复，一张张烙馍很快摞满了馍馍筐。烙馍最好趁温热吃，甜中带香，薄薄的、圆圆的、软软的。如果单纯卷起来吃，感觉很筋道，费牙齿；如果卷馓子一起吃咀嚼起来就会很轻松，而且会满嘴留香。

油炸馓子的做法相对复杂些。除了用水调和面粉，还要加少许食盐和调料，揉成面坯儿，然后再搓成条状，环绕排满盆中，上面涂抹一些食用油。等面条在盆中变得更加有张力，弹力恰到好处时，将面条绕在手上，用手来回抻开，如粉丝般粗细均匀，折叠造型，放入油锅，用筷子轻轻翻动，掌握火候，炸至金黄色，金丝环绕的馓子便可出锅了。

刘邦有些迫不及待，等两样东西都做好了，便按照当年的吃法吃起来，将士们也按照刘邦的方法吃起来。

后来，刘邦成了大汉王朝开国皇帝，在大宴群臣时，他还特意安排了烙馍卷馓子。他说："朕有美食一道名叫'烙馍卷馓子'，不忍独享，现与众爱卿共食之！"说罢命人端上。大臣们吃了，齐声说好。相国萧何觉得这名字太土，在御宴上叫起来不合适，于是启奏："圣上所赐这道美食，依臣看称作'白玉裹金条'方能显出我大汉气象！"刘邦听后立即准奏，并赋诗一首："白玉片兮裹金条，外软内酥兮美且妙，君臣常食兮身体好。"群臣听后，齐呼万岁！

据说，刘邦天天都要吃这种烙馍卷馓子，一直吃到老。

零食（一）

　　每个人都有童年，而怀念童年时，美食是必不可少的一部分，因为爱吃是孩子的天性。

　　每一个时代的人有着不同的童年，也就有了不同的童年零食。

　　对于出生在 20 世纪 60 年代末或 70 年代初的我老家的孩子来说，童年时代物质生活匮乏，能吃到一块糖便很不容易了。而即使有糖往往也舍不得立马吃，会装在兜里捂上一阵子，常常被暖化，与糖纸黏在一起。糖要慢慢地吃，吃完了糖，糖纸也舍不得立即扔掉，有时还要用舌头舔一舔。那时最爱去大队部的代销点，因为老远就能闻到那里散发出的糖果味道，的确诱人。

　　那时，所谓的零食绝不像如今超市里卖的大礼包这般奢侈。我儿时一年四季的零食大多是天然绿色食品，绝对不会担心食品含有添加剂。

　　童年的零食有桑葚、苹果、酥梨、黄杏、枣子、石榴、麦仁、甘蔗、玉米秸秆、搅糖稀、冰糖葫芦、冰棍、豌豆、爆米花、糖豆、蝎子爪等，这些都是可以直接吃的。还有一些，如槐花、榆钱、红薯、玉米棒、毛豆等则需要加工后才能吃，这些我大都单独成文，故不再赘述。

儿时，若能在炎炎夏日里吃上一根冰棍，真是无比惬意的事情。冰棍名副其实，除了冰就是棍子，都是用凉水加入糖精制成的，除了最常见的白色外，还有粉红和淡黄两种，是加了色素的。此外，就是绿豆冰棍，顶端一般粘上几粒绿豆以证明是用绿豆汤做成的。即便如此，对当时的我们也有相当大的诱惑力。

20世纪70年代，我上小学。那时候，冰棍是个稀罕物，也是最能诱惑小孩子的吃食。每到夏天，卖冰棍的汉子三天两头来村里转悠，他骑着一辆"二八"大梁自行车，自行车后座上捆着一个白色的长方形箱子，里面盖着厚厚的棉被，主要是隔热保温防止冰棍融化。老远就听到他吆喝"冰棍来了，三分五分的"，走街串巷的叫卖声不绝于耳，仿佛能给夏日火辣辣的村庄带来一丝清凉。一听到卖冰棍的吆喝声，有钱没钱的小孩子往往都会从家里跑出来，围着小贩自行车后座上的白色冰棍箱转圈，眼巴巴地望着，但真正花钱买的寥寥无几。买了冰棍的孩子便迫不及待地揭掉冰棍纸——这时，一股清新的凉气从冰棍上袅袅升起，伴随着独有的香精之类的味道弥漫开来。小孩先舔掉冰棍纸上的冰霜，再一点点地享受那清凉、甘甜的味道，生怕一口吞没，心想吃的时间越长越好。结果是吃一吃停一停，谁知冰棍遇热后即使不去吮吸也会自行融化，小孩又怕冰棍被白白融化掉，看到有液体快要滴下时，赶紧张开大口去轻轻舔吸。就这样，暑气也随之消散了不少，感觉透心凉。没有吃上冰棍的孩子会用直勾勾的目光，跟着吃冰棍者的移动而不断地调整角度，无比羡慕地望着冒着丝丝冷气的冰棍在他人口中进进出出，用"垂涎三尺"来形容丝毫也不为过。

如今的冰棍种类繁多，和我小时候的冰棍相比，简直是天壤之别。可我还是常常怀念儿时的冰棍，就像怀念一段曾经刻骨铭心的岁月……

冰糖葫芦是儿时诱人的甜食之一。一根竹签，叠罗汉一样把山楂穿起来，然后，在熬好的糖稀里打个滚后，晾凉就形成一层晶莹透亮的"外衣"，将山楂紧紧裹住。商贩为了便于携带，将之一一插在特制的草把子上，造型很美观。冬日里，在暖阳的照耀下，将山楂的娇艳欲滴映照出来，煞是醒目诱人，单是望着它也能感受到些许暖意。加之脆甜冰凉、果味芬芳的口感，更让馋嘴的孩童垂涎三尺，恨不得马上将其收入囊中，大饱口福。

　　提及冰糖葫芦，有些人总会自然地想到山楂冰糖葫芦，甚至认为冰糖葫芦就是山楂味的，实则谬矣。冰糖葫芦是用冰糖将果实穿食的一种技法，里面的内容自古便是因人而异，种类繁多。早在宋代，《燕京岁时记》就有关于冰糖葫芦制作技法的记载："冰糖葫芦，乃用竹签，贯以山楂、海棠果、葡萄、麻山药、核桃仁、豆沙等，蘸以冰糖，甜脆而凉。"原来原料如此丰富，只不过，在我国的北方，以山楂为原料的冰糖葫芦最为普遍，也最为人熟识罢了，这是因为山楂不仅在北方更容易种植购买，取材方便，同时还具有健胃消食、破气散淤、清热等功效。山楂的鲜酸配上冰糖的凉甜，乃一种绝妙的味蕾享受，红彤彤的颜色在冬日里显得格外红火温暖。

　　印象中崩爆米花的都是老头，衣服的颜色是黑的，脸也是黑的，远远看过去，仿佛一个黑人。崩爆米花的老头来到村里，在某家门口敞亮的地方安营扎寨，支起一口像葫芦一样的黑锅，"砰"地放响第一炮，仿佛把全村都炸开了锅，很快大家就都知道了。

　　每次打开锅时，爆米花就会释放出一种诱人的香味。那是粮食特有的香味融合了糖精甜丝丝的香味，形成的一种温暖、舒适、甜蜜、幸福的味道，引得孩子们垂涎三尺，迈不动腿，挪不动步，目不转睛，最终禁不住诱惑地跑回家缠着家长要吃爆米花。当家长的自然要进行一番

"思想斗争"，因为既花钱又费粮，实在有些舍不得，于是尽量说服孩子。实在拗不过了，也只好从粮缸里舀出一两碗的量，再掏出二角钱并叮嘱拿好别丢了。小孩子欢天喜地，拎着布袋子飞奔到目的地。

孩子们围在崩爆米花的老头周围，端着粮食，拿着盛爆米花的筐篮，兴冲冲地等待着，往往为了谁先谁后还会产生小小的摩擦，但是这种不愉快的争执很快就会烟消云散。愿望没有得到满足的孩子一副垂头丧气的样子，睁着一双天真无邪的大眼睛，看着崩爆米花的老头和排队崩爆米花的小伙伴的一举一动，饱含着期盼，胆子大一些的孩子会伺机下手捞上一把。

每隔几分钟的工夫，老头便起身抬起那口锅，对着长长的布袋子将锅口撬开。此时，孩子们赶紧捂起耳朵。"砰"的一声炮响的同时，一股热浪冲进布口袋，老头从布口袋里抖出那些白白胖胖的爆米花，一股香气立即在空中弥漫开来。是谁家的谁就会迅速冲过去，保护爆米花，不许小伙伴们哄抢。一阵手忙脚乱之后，大家又开始等待着下一个炮响的来临。那时候，崩爆米花的老头在孩子们眼中就是最神奇的魔术师。

烤粉丝是把粉丝放在火炉上燎一下，粉丝瞬间膨胀起来所制作的吃食。制作关键是把握好火候，火候大了就会烧焦，火候小了就膨胀不起来。吃这种东西根本起不到充饥的作用，只是让咕噜叫的饥肠得到一点慰藉，味道不亚于现在的儿童膨化食品。

麦仁是用将熟未熟的麦穗，放在火上烧燎之后搓出来的。麦芒燃烧的声音很好听，随之弯曲、脱落，麦穗开始改变颜色。每一粒圆润而又青青的麦粒上，都有着被烧燎的斑痕。奶奶将麦穗放到簸箕上来回搓着，还用嘴巴不停地吹着，只剩下麦仁躺在簸箕上，呈现出一种饱满而又安详的神态。麦仁透过牙齿到了胃里，走进我的血液。

零食（二）

　　一根小棍子，加一团糖稀，就成了搅糖稀。一分钱一团，搅一搅，拉一拉，拉出长长的丝，又好吃又好玩。放学时，学校门口的糖稀摊子前总是围得水泄不通。做糖稀的老头还可以用他那把神奇的黑勺子画出各式各样的图案，如龙、蝴蝶、花，还有一些小动物的图案，全都栩栩如生。大家买到手里后还舍不得吃，怕破坏了造型。现在偶尔在街头或庙会上还可以看到类似的手艺人，感觉很亲切。

　　传统的糖豆一般是将面粉和着各种甜味调料用油炸制而成的，糖豆的外层还要粘上些白糖或者红糖，糖衣外表下，是一颗不知怎么做出来的金黄色豆豆。儿时每年的二月二前后，母亲都要亲自制作或买回来一些。一有空，我就伸手向一堆糖豆里掬上一捧，用食指和拇指一颗颗地捡起，逐一掷入口中，先用舌尖舔吮豆豆上的糖粒，然后"嘎嘣"作响地咀嚼着，香酥可口，甜到心窝里。

　　"二月二，龙抬头"，此说最早见于明人刘侗、于奕正的《帝京景物略》："二月二，龙抬头，煎元旦，祭余饼，熏床炕……"龙是中国古代文化中地位显赫的神物，是祥瑞之物。龙抬头意味着云兴雨作，这也正是万物生育的条件。"二月二，龙抬头"，表达了劳动人民渴望风调雨顺、害虫绝迹、五谷丰登的美好愿望。

过了正月十五，小孩子就盼望着二月二快些到来。当天一大早，家家户户都会燃起锅灶，把头一天用盐水浸泡过且沥干的黄豆放进铁锅里炒。锅内一定是加了沙土的，沙土是此前筛选过且晾晒干的。沙土和黄豆粒掺在一起加热翻炒，一会儿，锅内便发出啪啪的响声了，浓郁的豆香渐渐弥漫开来，这就是故乡二月二的炒蝎子爪。蝎子爪的主原料是黄豆，是母亲或祖母簸了又簸、拣了又拣的，个个颗粒饱满、温润如玉。我们习惯称之为"料豆子"，就是将黄豆炒熟，有的还炸裂出小口子，用手一搓皮就掉了。蝎子爪吃到嘴里喷香。

其实，这一习俗跟蝎子没有丝毫的关系。人们之所以这样说，主要是因为惊蛰将至，一声春雷惊醒万物，各种有毒性的昆虫开始从冬眠中苏醒过来，其中蝎子会对人造成危害，故把蝎子的爪子炒掉，那样它就不能再毒害人了。这只是人们以此寄托祈盼而已。

对于出生于20世纪六七十年代的孩子来说，能吃着蝎子爪，玩转万花筒或翻阅小人书，无疑就是幸福、快乐的了。

桑树的果实叫桑葚。每到春天桑树就茂盛得忘乎所以，毛毛虫一样的果儿镶嵌在片片青翠之间，煞是好看。有的白中泛青，有的红多黑少，有的几乎都黑了，有的半红半绿，斑斓无比。摘那些红桑葚要稍稍用点儿力，那些黑的因为熟透了则轻轻一触就到了手里。我摘下桑葚，往往会迫不及待地放进嘴里。红的甜中略带酸味，很开胃；黑的饱含汁液，则完全是甜甜的，可谓酸甜可口、口齿生津。

童年的我和小伙伴们最爱吃那些熟透了的紫黑桑葚，它们个大、饱满、汁多，像一枚枚滚圆的黑色牛皮糖块一样，有的甜腻，有的酸涩，有的无滋无味。尽管如此，在那个荒芜苍白的年代，我们依旧囫囵吞下，喂养童年，喂养岁月，喂养我们贫瘠惨淡的人生。爬到树上吃完之后，大家嘴上脸上衣服上，甚至满身都是绛紫色的。

人的童年有很多惊人的相似，尤其是在农村成长起来的人。鲁迅先生曾在《从百草园到三味书屋》一文中描述道："不必说碧绿的菜畦，光滑的石井栏，高大的皂荚树，紫红的桑葚……"可见，虽然年代不同，童年的经历大抵相近。《陌上桑》里的罗敷采摘的大概也是这一种吧，她采摘许多桑葚又是给谁吃呢？

巴金先生在《最初的回忆》中动情地写道："熟透了的桑葚那甜香，真叫人的喉咙痒。"很自然地，我的思绪便如柳絮因风而起，络络绕绕地飞回去，飞到那些在《诗经》里枝叶沃若的桑树上。关于文人们对桑葚的描写还有很多，在我看来，欧阳修的"黄栗留鸣桑葚美，紫樱桃熟麦风凉"比较贴近我的意境。因为，自然界中的植物与乡愁紧密相连，无论我们身处何地，见到和故乡同样的花草树木，都会倍感亲切。

在有限的几种水果中，我尤其喜爱石榴。它不仅具有很好的药用价值，而且有很强的观赏价值。枝优美，叶秀丽。初春嫩叶抽绿，婀娜多姿；盛夏繁花似锦，尤其是石榴花盛开的时候，火红，给人以热情、奔放和美的感觉；秋季硕果累累，石榴圆且籽多，被喻为繁荣、昌盛、和睦、团结的吉庆佳兆。

我后来才知道，石榴是张骞出使西域时带回来的果子。有不少人对它还很钟情，尤其是文人墨客。王义山在《王母祝语·石榴花诗》中浅吟低唱："待阙南风欲上场，阴阴稚绿绕丹墙。石榴已着乾红蕾，无尽春光尽更强。不因博望来西域，安得名花出安石。朝元阁上旧风光，犹是太真亲手植。"杜牧在《山石榴》中的"一朵佳人玉钗上，只疑烧却翠云鬟"被认为是赞美石榴花的神来之笔。看来，石榴从花到果实，每一样都成了被赞美的对象。它还被中国人视为吉祥物，是多子、多孙、多福、多寿的象征。

其实，我更欣赏的是石榴的献身精神。郭沫若在其《石榴》一文中，赞扬了"石榴有梅树的枝干，有杨柳的叶片，奇崛而不枯瘠，清新而不柔媚"的风骨清正、无私无畏的精神。我常想，人应该具有石榴向上不堕落、向善不作恶、向美不丢丑的精神。

每年中秋节的前几天，母亲便忙活起来。她先炒点芝麻、花生等原料，然后用碓窝子将之舂成粉，还要和面并发酵，在原料里加些糖，搅拌均匀后，放在月饼模型里。月饼模上还刻有几种图案，如桂花、玉兔、月牙儿等。放到锅里蒸到七八成熟时，香味透过缝隙连同喜庆气氛弥漫开来，那种味道让我垂涎。如今十几元甚至几十元一个的月饼，看上去精美高档，吃起来却觉得没有家制月饼味道醇厚诱人，更找不到母亲当年亲手制作月饼的温馨感觉。

三刀是一种普通的甜点，也称"蜜三刀"。因为它是用糖、油裹体的一种食品，它们之间拉拉扯扯连着糖液，非常甜。在我看来，最好吃的点心要数蜜三刀了，但要等到走完亲戚再吃。从大年初二一直转到十五，从这家到那家，等亲戚都走完了，一家人才得以享用。其实，一斤点心，里面的三刀实在太少，根本不够分的。

时过境迁，很多实在的点心都变了，比如月饼，过去只有白糖芝麻馅，现在蛋黄、香肠、水果等五花八门，内容丰富。粽子也是，极大丰富了人们的口感。似乎只有三刀，仍然规规矩矩、方方正正，表面密密麻麻粘了一层白芝麻，内心实在，老样子，保持本色，以不变应万变。

主食

老家把馒头叫馍馍。馍分为杂面馍和好面馍。儿时，家家户户一日三餐的主食多为杂面馍，杂面馍主要是用红薯面、玉米面等做成的，趁热吃还可以，冷凉后一点儿都不好吃。只有过麦季和过年时才能吃到好面馍，即白面馍。

杂面馍大多做成窝窝头的形状，既便于成型又易于蒸熟。窝窝头的名字是怎么来的呢？我想是因为它的外形像人戴的礼帽，里面有个窝而得名吧。至于窝窝头的起源，早在明朝就有了文字记载，李光庭的《乡言解颐》里说："窝窝以糯米粉为之，状如元宵粉荔，中有糖馅，蒸熟，外糁薄粉，上作一凹，故名窝窝。田间所食则用杂粮面为之，大或至斤许，其下一窝如旧，而覆之。茶馆所制甚小，曰爱窝窝，相传明世中宫有嗜之者，因名御爱窝窝，今但曰爱而已。"文中所描述的窝窝虽然与今天的大不相同，但其叫法相同。由此可见，宫里也有人很待见窝窝头。

做窝窝头由于用料不同，所以也分为几种。

第一种是用纯红薯面做的。这种是数量最多的，蒸熟后闪着亮光，黑乎乎黏糊糊的，吃起来柔软可口，还有一丝甜头，咬起来口感与山楂糕相似。我们称之为"电光窝窝"。第二种是用玉米面做的。由于玉米面黏性不够，往往需要用榆树皮泡出的黏水和面，否则很难成型。吃起来感觉很粗糙，刚蒸出来时口感还凑合，一旦凉了，难以下咽。第三种是把红薯面和玉米面掺和起来做的。具体比例按两种面的多少而定，有些人家的红薯多，就以红薯面为主，窝窝头呈浅黄的黑色；有些人家种的玉米多，玉米面成了主角，窝窝头就呈淡黑的黄色。第四种是在红薯面或玉米面里添加些白面粉做成的。这是个别家境稍微好点的人家的做法，窝窝头做出来不论是颜色还是口感已经有了很大的改观。

就我个人而言，最喜欢第一种，那种黏黏的甜甜的味道令人回味无穷。

麦子割完了，打完了，各家各户都分到一些新小麦。社员们为了犒劳一下自己，也是为了过端午节，每家都会蒸上一些白馍吃。过年时蒸的白馍要更多一些，每家都要蒸上三五笼。小孩子盼过年，除了过年可以穿新衣服、放花炮，还有一个主要的原因，就是过年时可以连续几天吃到白面馍。故每当进入腊月的时候，小孩子便掰着指头盼望着新年的到来。每当临近春节的时候，家家户户都开始购置年货，煮、炸、蒸，小院里弥漫着醉人的香味。这时候，我就静坐在母亲身边，望着她那双娴熟的双手，蒸制各色的馒头、糖馍、豆沙包等，期盼着它们从蒸笼中快点"跳"出来。

白馍完全是由麦子磨成的面粉做成的，又大又圆，通体闪着白色的亮光，好看又好吃。吃热气腾腾的白馍时根本不需要吃菜，单独吃，越嚼越香甜。当把白馍掰开时，那种清新的、扑鼻的麦香真是醉人呀！我认为之所以有这独特的味道，主要是因为它是用新麦子磨成的面粉做成的；是用上次蒸馍留下的酵母头发起来的；是靠手工反复搓揉成型的；

是用庄稼秸秆或劈柴烧大锅蒸熟的；还与土地、水质和空气等原因有关。

生产队解散，土地分到各家各户之后，窝窝头也悄然隐退了，吃白面馍的问题很快得到解决。乡亲们再也不必吃黑馍了，一天三顿饭，顿顿都可以吃到白馍，想吃几个就吃几个。

说起农村的变化，乡亲们都爱拿白馍说事儿，说现在日子好了，天天都能吃白馍了。好像白馍在他们嘴边挂着，开口闭口就是白馍，又好像白馍是生活变化的一个显著标志，一提白馍，大家都知道生活变化到了一个什么程度。

改革开放发展至今日，杂面窝窝头又在悄然回归。前不久，我在饭店里又看到它们的身影，但已是改良升级版的。在冒着热气的蒸笼里，一个个窝窝头呈圆锥形整齐地排列着，黑的黄的白的，煞是可爱。袅袅热气扑面而来，一缕淡淡的清香钻入鼻孔，瞬间勾起那深存心底的艰辛记忆，因为老家馍的味道给我的味蕾留下的记忆终生难忘。

还有一种主食是手擀面。

据说中国面条从东汉时就有了，只是那时名称和形状没有固定下来。唐朝诗人刘禹锡曾诗曰"余为座上客，举箸食汤饼"，"汤饼"即是面条。

一碗面条虽小，清汤之中却能折射出中国五千年的璀璨文化。面条的形状因方便制作和入口，最后被确定为细长条状，于是人们就因形赋意，把其与老人祝寿和庆生联系起来。面条因形体长瘦，人们便取谐音"长寿"面。许多地方还有生子吃"喜面"一说。宋人马永卿在《懒真子》中写道："必食汤饼者，则世欲所谓'长命'面也"，这就是一个很好的例证。

面条也能反映出社会的变迁、世风的改变甚至人间的冷暖。儿时，乡人们一年到头难得吃上几顿小麦面条，那时叫"白面条"或"好面条"，只有身体不适或生病的时候，家长才会给擀面条吃，如再加上一个荷包蛋，那就是上等美餐了。当时小麦产量低，白面粉自然显得金贵，白面通常是招待客人、喂养病人、妇女坐月子、老人过寿辰、过年蒸馒头、除夕包饺子等时才舍得用。

　　我无意去褒贬那段岁月，只是希望人们加倍珍视当下来之不易的美好幸福生活，心怀感激，敬畏食物，敬畏生命。

腌萝卜

我从超市买回一袋腌萝卜。从包装上看，鲜美爽口，做工讲究，用萝卜、食盐、白糖、甘草、五香粉等原料加工而成。其中"不添加防腐剂"几个字较醒目。可回家一吃感觉很不对味，妻子说不好吃就扔了吧，可我舍不得，妻子哪能理解我的心境。

老家也腌萝卜，但不出售，只供自家享用。

凡事都有好坏之分，腌萝卜也是如此。如果腌的萝卜不好吃，早餐时一家人可谓苦不堪言，难以下咽；如果腌的萝卜好吃，一家人就会吃得津津有味，自然也就会多吃些，但这时家里的长辈脸色就会有些不悦。何也？吃多了以后咋吃！过日子要细水长流！归根结底，都是因为穷。

老家腌萝卜的配料很简单：萝卜、食盐即可，偶尔放点碱，目的是让萝卜嘎嘣脆。

在我看来，萝卜生吃是最棒的，清甜微辣，爽口通窍。然而，生吃也是"危险的"。因为萝卜极易通气，吃多了，不是打嗝多，就是放屁多，很容易"露馅"。可那年月就算是这样的嘴馋也要受到嗔怪。

伏天，把萝卜籽撒在翻松过的自留地里，浇上水，不几日它们就醒过来了，开始发芽。待到长出三四片嫩叶来，就该间苗了。间下的苗可以吃，但喂猪的居多。那苗的根部已经能见到一个小包包，越长越大，后来就长成大萝卜了。

种萝卜还是比较省事的。只要前期整好地、选好种子，再做好浇水和间苗工作，接下来根本用不着操心，等着收获就行了。

收萝卜时会将其连根拔起，也就难免出现拔出萝卜带出泥的情况。然后切下萝卜秧子喂猪，把萝卜洗净，切成条状，摊在大筐里晾晒。秋天的暖阳是晒萝卜干的最好时机，待到六七成干，便开始下一道工序。

将大缸清洗干净，从供销社买回粗盐。把盐撒在缸里，薄薄一层，然后一层层交替，直到把半干萝卜条和盐都撒进去，有些厚度了，奶奶就卷起裤腿赤着洗净的小脚，爬进大缸踩起来，好像跳芭蕾舞。待到一缸萝卜全踩到奶奶脚下，那缸里淡绿色的水竟然漫到奶奶的踝骨。奶奶从缸里出来，那缸里的萝卜就慢慢地浮起来，露出水面，奶奶拼了老命搬起一块事先准备好的磨石压到萝卜上，并在缸口盖上用木板或用麦莛做成的盖子。

几天后，一股臭味从缸里冒出来，我想肯定沤坏了，天气那么热还要盖上盖子。奶奶却不当回事，依旧镇定自若，不闻不问，该干啥干啥。

转眼间，半个月过去了，奶奶才将那缸盖打开，只见水面浮着粉绿带白的泡沫，又腥又臭。奶奶把萝卜条捞出来，重新摊到大筐里晾晒。待到水分被蒸发干了，只剩下干瘪的萝卜条，几乎没有了水分，上面附着一层盐末，再装存到塑料口袋里储藏起来。

此外还有一种制作方法。奶奶先将这些萝卜洗净，切成长条状放在大盆里，然后将调制好的卤汁浇到萝卜干上后搅拌，等到萝卜干"雨露均沾"后就可以拿出来晾晒了。卤汁是先前用八角、辣椒、粗盐等调料精心熬制而成的。

初冬时节，村子的空气中弥漫着丝丝萝卜干的味道，我家的萝卜干也在门前空地上粉墨登场了。两条长凳，平行摆开，担着两根长木棍，组成"井"字形。上面铺上用高粱秸秆编织成的箔。箔上静静卧着的便是萝卜干，它们是奶奶的杰作。"只晒不翻气死老天"是奶奶常说的一句话，奶奶是个急脾气，但干起翻萝卜干的活来，却耐得住性子，用筷子一个一个翻，看不出丝毫的不耐烦。奶奶动作轻柔，目光温柔，翻过的萝卜干依旧静静卧在原来的位置，犹如熟睡中的婴儿在甜蜜的梦境中，带着微笑翻了个身，又进入甜美的梦乡。奶奶沉浸在弥漫的咸香中，陶醉在暖暖的冬阳中，仿佛在照料自己的孩子，微笑在满是岁月印痕的脸上荡漾开来。

奶奶亲手调制好的萝卜干虽然褪去了好看的颜色，却保留了原始的精髓和味道，口味纯正，吃在嘴里"嘎嘣"响，伴随着全家人度过整个冬天，让寒冷的冬天不再枯燥，让味蕾上的滋味丰富起来。

林语堂先生曾说，爱一个人，从他的胃养起。奶奶不知道林语堂，更不会知道这句话。她只知道一年四季不停地忙碌着。她把对孙辈的爱寄托在栽种四季蔬菜和时令瓜果上，为的是能够填饱肚子。萝卜干味道或咸，或甜，或酸，或辣，奶奶一直依着我们的口味变化着，尽可能让我们百吃不厌。

那年月，萝卜干虽看着不起眼，却是餐桌上不可或缺的一道菜，而且吃起来滋味十足，回味时口有余甘，弥漫着萝卜悠远清甜的味道。如今我还买它，与其说是喜欢吃，倒不如说是对腌制岁月的缅怀。

吃红薯

　　《舌尖上的中国2》的热播又将人们的味蕾绽放，一时间美食又成为人们热议的话题。这不，我跟外地的一位朋友聊天，他就提到了徐州的一道美食——蜜汁红薯，说是味道很美。我问他吃过吗？他说没有，只是十几年前从《老饕漫笔》上看到过一篇介绍徐州美食的文章。我听后一头雾水，因为我这个地道的徐州人，还是第一次听说有这道美食，说来真是惭愧，我赶紧从网络上查到了朋友所说的这道美食。

　　在赵珩先生的《老饕漫笔》一书中，收录了一篇《蜜汁红苕》的文章。那是二十余年前赵先生受邀来徐州参加《张伯英先生书法选集》首发式暨出版座谈会时吃到的美食，软糯甜香，还有一点淡淡的桂花香气——这就是赵先生的舌尖印象，后经打探饭店老板才得知美食名曰"蜜汁红苕"。其做法是用经过风干的红薯上锅蒸熟，去其皮，捣烂，用上好的香油文火炒，炒时切不可加糖，以保持红薯的原味儿，炒如泥状入盘，另用桂花糖勾芡，淋其上面即可。当时，赵先生及在座的食客听后面面相觑，以为如此美食做法竟然很简单，有些将信将疑，甚至认为

113

老板隐瞒了秘方。其实，蜜汁红薯的做法真的不算复杂，只是那家老板的介绍过于简单了，省略了细节，这里不妨叙述得详细些，也就是"蜜汁红薯"的具体做法。

首先将红薯用流动的水冲洗干净，再削去外皮，切成两厘米左右见方的块状，晾干表面浮水后装盘或直接放在算子上（这样最好，因为可以一直脱水），放入蒸锅用大火蒸约三十分钟（数量少大约二十分钟即可），使红薯块彻底蒸熟；然后把蒸好的红薯块用小勺碾压（最好平铺在案板上用擀面杖碾压成泥，这样更细腻）待用；中火烧热炒锅中的食用油（最好是香油）后将红薯泥慢慢放入，改小火慢慢翻炒（最好用木质或竹质铲子，不容易粘铲子），大约四五分钟，即可出锅装盘待用；将蜂蜜和糖桂花（超市有售现成品）放入小碗中混合，充分搅拌均匀，调和成糖桂花蜜汁；最后将制好的糖桂花蜜汁淋在红薯泥上即可上桌。也可再撒上少许炒熟的白芝麻，既是点缀又可以增加香味，真正达到了色、香、味、形、意、养俱佳。

其实，红薯有很多种吃法。蜜汁红薯是厨师的做法，工艺精细，程序复杂，寻常百姓家因其烦琐通常不去这样吃。所以在我看来，蜜汁红薯算得上是刁肴。

还有一个经典吃法，也是厨师所常为——拔丝红薯。这是婚嫁喜宴上的一道不可或缺的美食。拔丝红薯的做法很讲究，要先将糖慢慢熬出丝来，再将炸熟的红薯细条倒进去慢慢搅拌片刻才能出锅装盘。拔丝红薯一上桌便会引起骚动，男女老少一齐立起身，争先恐后伸出筷子，外酥内糯的红薯扯动着黄褐色的糖稀，整个酒桌变成了甜蜜的蜘蛛网。由于糖稀凝固极快，拔丝红薯通常很快就被一扫而光，否则，那糖稀就牢牢地凝固在盘子上，很难再将它分开。在我看来，凡具有代表性、普及性的，带有本土特色，代表着地域饮食文化的食物，才可以看成大众美食。说到这里，一股浓浓的乡愁涌上心头。

记得儿时，每当秋季来临，红薯便第一个上了人们的餐桌，家家户户飘出的炊烟绕着甜腻的味道。母亲每天把蒸好的红薯放在灶台上，放学后，拿块馏好的红薯吃了就算午饭的主食了。如此反复蒸馏，时间久了，锅底便沉淀出一层糖稀，当揭开锅发现后，兄弟几个便蜂拥而上，如获至宝。以后，每当蒸红薯不由得总惦记锅底的那份甜蜜。

红苕的另一吃法是将其切片晒干后磨成粉。红苕面粉的黏性很强，徐州人喜欢将其捏成窝窝状，蒸熟后闪闪发亮，美其名曰"电光窝窝"。吃起来柔软可口，还有一丝甜头。

印象最深的还是将红苕焖着吃。农村土灶用柴火做饭，一顿饭结束后，往往还有很多余火，正好充分发挥其余热，将红薯埋到火堆里，等到灰烬变凉的时候，红薯也刚好熟透了，拿在手里软软的、外皮皱巴巴的，剥开后一股香甜气息扑鼻而来，沁人心脾。现在城市里烤炉烤出来的红薯味道与那味道相比要逊色得多。

车辐先生也曾写过红薯的一种吃法。文中写道："选红心子南瑞苕，大小匀称，每根四五寸，去皮排列于大铁锅中，熘以红糖、糖清、清油，使其满锅红薯色彩红润发亮，如玛瑙排列；入口细嫩而甜，似冰糖肉泥一般。"车老所说当是所有红薯做法中最高级的一种。单从文字来看就足以让人垂涎三尺，由于我没有吃过故不敢妄下结论哪个味道更让人在舌尖上回味无穷。

从红薯的诸多吃法中，我又想到了当下美食的发展趋势。窃以为，目前美食存在大约三种趋势：一是大众化的原料，但选料独到，取其精华。比如鸡、鱼、牛、羊肉等，用料选取鸡小翅、牛尾、鱼尾等。二是大众化的原料，但做工独到。比如蜜汁红薯，红薯是徐州最常见的土产，但通过特殊的烹饪加工后，却有了独到的香甜糯的口味和口感。三是大众化的做法，但融入了当地文化元素，传承了当地人的情感和精神诉求，这样的美食也更富有生命力。

读者诸君，以为然否？

第四辑　把戏

墙角里的孩子更是用肩膀全力往外挤，力图保住自己的位置。大家边挤边喊："加油！加油！"如此循环往复，呐喊声嬉笑声打闹声不绝于耳，热闹非凡，直挤得头顶冒热气，额头上沁出了汗珠，每个人的脸上都红扑扑的……

童年游戏（一）

对于农村的孩子们来说，村庄是他们的乐园，也是他们的第一所学校。在这所大学校里，他们了解村中的一草一木，了解昆虫花卉，了解家禽家畜，了解鱼虾青蛙，了解风霜雪雨，了解四季变化，了解风土人情，了解……

虽然没有学到很多书本上的知识，玩具也极为匮乏，但是孩子们总能挖空心思，自寻乐趣。因此，童年的生活也算是丰富多彩。

象棋、军棋需要到供销社去买，只是大多数父母不舍得花钱，只有个别生活比较殷实人家的孩子才有，仿佛宝贝蛋似的。想下棋的孩子只好去讨好棋的小主人，征得同意才可以玩几把过过瘾。

最简便的莫过于流传下来的几种"土棋"。所谓土棋就是可以就地取材而完成的。只要找一块平整的空地，作为棋盘，再找一些石子或瓷片，就可以下流行的具有地域特色的棋了。

在空地上画出由大到小同心的三个正方形，然后将各边的中点连起来，由双方轮流往这些交叉点上下棋子，只要自己一方的棋子成了一列

"三"，即可吃掉对方的一颗棋子。那叫"成三"。

每一方三颗棋子，在地面上画出一个正方形，里面再取各边的中点画出正方形，每一方在角上夹住的棋子就算死掉了。那叫"夹棋"。

在地上画出两排正方形，每一排有五六个格，然后每一格放上一颗棋子，出现空格，即可吃下空格之前的一格中的棋子。

游戏棒，顾名思义，是和棒有关的游戏。游戏棒又称撒棒或挑棒，是一种民间流传已久的游戏，一般为两人游戏，也可多人游戏。具体是把所有棒子抓在手中垂直于桌面，然后放手让棒子散开后，再一根根地挑起来收回。游戏规则是在挑起一根细棒时不能碰到别的小棒。因此参与者不仅要保持头脑冷静，具备娴熟的技巧，还要注意力集中，稍有不慎就会触动其他小棒。比赛结果是谁挑回的小棒越多，谁就是赢家。

有时候，村里的男孩子们也会聚在一起"打仗"。大家跑到有壕沟的地方，然后分成两派，各自准备一些土坷垃作为"子弹"。双方都选出头领，并约法三章，然后便进入实战。一时间，双方"火力"很猛，土坷垃在空中飞来飞去，的确很危险，稍有不慎就有可能"负伤"。有一次，我也参加了"战斗"，经过一阵激战后，我从战壕里站起来刚想喊停，便被对方一颗"子弹"击中额头，疼得嗷嗷叫骂，起了一个大疙瘩，好几天才消肿。

我们常常选择月亮高挂的晚上玩捉迷藏。吃过晚饭，大家便走出家门在村巷里集合，双方讲好游戏规则，便开始行动。即使在一定的区域，要想找到藏在阴影中、草垛里、树上等地方的小伙伴们也不是件容易的事，如果受命来寻找他的小伙伴到了规定的时间，还没有发现目标就只好认输，重新再来。如此循环往复，直至月亮慢慢下沉，夜色已晚的时候，开始有家长吆喝自己的孩子，大家才依依不舍地回家睡觉。

男孩子们热衷于收集香烟盒、牛皮纸，将收集到的纸烟盒折成纸片，往地上一摔，然后两人轮流用手拍，谁将对方的纸片拍翻就归谁。有时候在拍对方的纸片时会做手脚——用手指帮助掀一下，如不被识破同样算赢了。双方也常常为此争论不休。

东南西北是用一张正方形的纸折叠成菱形的可以开合的形状，再在四个小正方形处分别写上"东""西""南""北"四个字，有的里面还写上自己编撰的赞美或贬损之类的话。玩时用四个指头开合着纸面，根据伙伴的要求来猜测里面的内容。大家看到好的内容就会兴高采烈，看到不好的内容就会无精打采，甚至感到很晦气。

踢毽子是一种普通却又盛行的活动，也可以说是最主要的娱乐方式。男女老幼皆可玩，无论大街小巷，早晨黄昏，只要人们有时间，随时随地都可以进行这项活动。同时，它还具有取暖作用，寒冬腊月，踢上一会儿毽子，顿时就会浑身发热，一会儿就会满头大汗。

毽子都是自己动手制作的。将两枚中间带有小孔的铜钱摞起来，用布上下包起，周边缝严，就形成圆形底座；再将一根鹅毛管剪成约一寸长的管儿，下端劈成三叉，将叉脚牢牢缝在毽子底座的中心位置；然后在管内插上几根彩色的鸡羽毛，毽子就做成了。

毽子漂不漂亮，关键在于铜钱上插的鸡毛是否好看。平日里，在家人杀鸡以后，我都会把比较好看的鸡毛收集起来，有一次，为了得到好看的鸡毛，我把目光瞄向了家里喂养的公鸡身上。等它们都进了鸡笼，我便蹑手蹑脚走到鸡笼边，把手伸进鸡笼，一把捉住那只花公鸡。花公鸡挣扎着大叫，旁边的鸡也跟着骚动起来，纷纷扑棱着翅膀，发出惊恐的叫声。正在屋里的父母听到外面的动静，大喊着"谁在偷鸡"便从屋内冲了出来，当他们发现是我在拔鸡毛时，脸上露出了哭笑不得的表情。

当然也有简单的做法，即将两枚带孔的铜钱，用线密密麻麻地扎起来，打结时要落在铜钱的周围，打结后留有约寸长的线即可。

毽子既可单人踢又可多人踢。漂亮的毽子踢起来上下翻飞，仿佛彩蝶在舞动。有时会飞过头顶，再落在脚背上；或者绕过后背，再从眼前落下。还有的用正脚面踢，用反脚面踢；能左踢，能右踢；能左踢右拐，能右踢左拐，更有高难度的踢法，一只脚绕到另一只脚后面去踢，称之为"打环"。一个毽子在女孩子的脚上能踢出很多花样，这时的毽子好似一只欲飞的鸟儿，鲜活灵动。

踢毽子有着悠久的历史，但究竟始于何时并无确切的记载。据出土的汉画像石推断，踢毽子的活动至少起源于两千年前的汉代。踢毽子在历史的演变中，有着极强的生命力，在历史的长河中，一直存在着、延续着。

踢毽子集健身、艺术、文化、娱乐于一身，它所积聚的文化底蕴足以证明它的存在价值。

在马路上或院子里，找一片平整的空地，小伙伴们用树枝在地上画好格子，先玩的孩子缩起一只脚，另一只脚踢着格子中的抛物，便一级一级玩起"造房子"的游戏来。小伙伴们玩了半天，造出的房子还是那么狭小，大家却乐此不疲。当年的孩子们早已长大，真正开始"造"起属于自己的房子，却未必能够收获当年的快乐。

"老鹰捉小鸡"的游戏很是常见。谁来充当老鹰和鸡妈妈通常要通过剪刀、石头、布来确定。鸡妈妈的职责就是保护好鸡崽不被老鹰捉住，张开双臂，忽左忽右。而老鹰千方百计冲破鸡妈妈的庇护，捉住后面的小鸡就算胜利。

"摸瞎子"游戏与其说是"摸瞎子"，不如说是"瞎子摸"更为确切。就是在一个限定的空间里，用布条把一个人的双眼蒙上，此人也就成了所谓的瞎子。周围一片漆黑要用触觉代替视觉，几个人围绕着瞎子乱转，还时不时地发出怪叫声或做出挑逗的动作，以吸引瞎子的注意力。这时瞎子就会趁机伸出手来胡乱抓一气，如果谁被抓到，谁就成为新的瞎子，然后接着按此规则继续游戏。有的瞎子很沉得住气，不是急于寻找目标，而是静静地站在那里，虽不能眼观六路，但是可以耳听八方，用耳朵判断出发出声音的具体位置，然后以迅雷不及掩耳之势出手，如此十有八九会成功摸住对方。大家在不断的挑逗过程中分享着无限的快乐。

童年游戏（二）

藏马猴是老家孩子们经常玩的游戏。乡下孩子玩藏马猴，有着得天独厚的条件。

藏马猴的游戏规则十分简单，大家分头藏，一个人找。规定好一定的躲藏范围，大都限于地平面之上，有时在房屋里，有时在院子里，有时在打麦场里，不许爬树、下地窖，不能跑得太远。几个人凑齐，开始用剪刀、石头、布猜拳，获胜者优先躲藏，最后猜输的小朋友站在原地用布条蒙住眼睛，然后倒数十个数之后，解掉布条开始寻找藏好的同伴。那些机灵鬼会在数十秒之内安顿下来，鸦雀无声，深藏不露。如果被找到，就会被按一下头顶，像被俘虏一样，同时被找到的孩子就要帮着去找别的同伴。这样循环往复，时间一长大都会被识破，找人者与藏者往往心有灵犀，几个天然的地方暴露后，只好再更换场地，新的一轮游戏便又重新开始了。大家就这样兴致勃勃地进行着，不知不觉间就到了深夜。沉醉不知归路的孩子们，只有在家长的呼唤声中才会依依不舍地结束。

一个乌黑、滚圆，在阳光下泛着幽光的铁环，可以说是生于 20 世纪

60年代末和70年代初的中国儿童最心仪的玩具了吧。那个年代的男孩子拥有铁环如同现在的孩子带着滑板上学一样，非常风光。尽管乡村的土路，坑坑洼洼，凹凸不平，但丝毫不影响滚铁环的兴趣，甚至有的孩子还推着铁环往返于上学放学的路上。

铁环虽然家家都有，但每家孩子手里的铁环却不一样。条件殷实的家庭会到铁匠铺里专门打造一个，用现在的话叫私人定制，再做一个铁钩子就可以推着向前滚动，以铁钩控制其方向，可直走、拐弯。条件不济的只好将家里箍木桶的铁箍拆下来，铁箍上面有结，不圆滑，滚动时有阻碍，很难依着小主人的意愿、节奏前行，总免不了闹出一些笑话。

滚铁环基本是男孩子的专利，偶尔也有女孩子试试手，但这个硬邦邦的铁器、略带刺耳的金属声似乎与女孩子的天性总有些抵牾，她们娇嫩的小手把住铁钩一会儿就酸痛了，最后还是悻悻地站在一边，只有艳羡的份儿。

滚铁环碰到拐弯抹角的地方要放慢速度，手朝旁边用劲带一下铁环再转弯走。碰到上坡，则要用力一些，且提前加速，方能一口气滚上坡。下坡时，如果人跑得慢跟不上铁环，铁环就会自行跑掉，人在后面追赶。碰到高低不平之处，铁环就会陡然弹起，但不管蹦起多高，最终还会落回到地面上继续滚动。

这玩意儿似乎并不愿意顺从，总是想挣脱孩子的小手去追逐自己滚动的轨道，忽然斜行，忽然跳荡，忽然飞驰，忽然缓行，稍不留神，铁钩动迟了，就晃晃悠悠地倒地上了。这微小的挫折难以挫败少年的心，掉了重新拾起，再来。

等到玩得娴熟时，铁环仿佛一位魔术师，升降快慢，任意变换，精彩纷呈，高潮迭起，不论是上坡过坎，还是左转右拐，通过推、钩、托、提、跳、拉等系列的控制动作，铁环便不歪不倒，想滚到哪就滚到哪，想在哪停就在哪停，完全按照意志轻松行驶，随心所欲，玩出花样，乐此不疲。铁环的声音响到哪里，孩子们的欢笑就会在哪里。

滚铁环是一个时代的象征，滚动的铁环，正如滚动的童年，慢慢滚动着，慢慢延伸着，把艰苦岁月的童年演绎得多姿多彩、快乐常伴。

男孩好动也好斗，总想胜人一筹，所以常常会向同龄的伙伴发出掰手腕的挑战，以显示自己的力量。掰手腕的窍门在于抢手腕，谁先抢到手腕，谁就赢得主动权。除非两人力量悬殊明显，否则再龇牙咧嘴竭尽全力，别人再给你呐喊助威，也无济于事，输定了。

洋火枪、木头枪、红缨枪、砸炮枪等都是我儿时经常玩的枪。在这些枪中，我对洋火枪似乎情有独钟。洋火枪是用自行车链条、内胎等材料做成的，子弹是洋火，就是火柴。

记得在小学三年级的时候，我的同学红灯是玩枪高手，枪法很准。有一次，红灯因在课堂上摆弄洋火枪被老师发现，枪被没收不说还挨了一顿揍，红灯一直耿耿于怀，要报复老师。他又赶制了一把洋火枪，课间，同学们围着他，可是枪装上洋火就是打不响，同学们都取笑他。很快，上课铃声响了，老师在写板书时，他又开始做小动作了，他将枪瞄准老师，做出射击的姿势，谁知枪真的响了，"啪"的一声，子弹——火柴飞向老师，完全出乎我们的预料，顿时整个教室一片喧闹。为此，红灯又遭受了皮肉之苦。

"打拉子"是一个非常简单的游戏，道具只是两根棍子，一长一短，而且是很寻常的木料。所用的一根长的木棍，老家人称其为"把棍子"，约四五十厘米长，直径约五六厘米。把棍子的粗细根据持有者的年龄、手掌大小选定，只要握着舒服就行。拉子长约 15 厘米，直径约二三厘米，将两头削尖。

玩打拉子的方法很多。最为普通的玩法是用左手食指和左脚脚尖抵住拉子的两个尖端，右手持把棍子击打拉子，以谁击打得最远为胜。

比较复杂的玩法是选择一块开阔的平地，在地上随意画一个正方形的区域，称之为"城"。在城的中心挖出一个碗口大小的坑，将拉子的一头置于坑边。至于谁先开局，通常双方用"剪刀、石头、布"来决定，谁赢了谁先打响第一棍。

赢者用把棍子轻轻击打拉子的尖端，拉子一下子就会腾空而起，然后，迅速用把棍子击打腾空的拉子。这个动作，要求打拉子的人既要准也要狠。如果击中，拉子就会像利箭一样飞向远处。良好的开局是成功的一半，否则，拉子就会掉在原处，只好让给对方开局了。

把拉子击出后，对方的人依据拉子飞出的方向快速跑动，如在拉子落地前能接住，对方就成了赢家。如对方接不住，就在拉子落地的位置捡起拉子向城的方向用力投去。如果打拉子的是个高手，对方就惨了。有时会处于胶着状态，有时也会反复，有时也会逆转，大家随着竞争的激烈而忘掉了一切。有时，拉子被打出去很远，一群人追着看，叫好声、叹息声不绝于耳。打热了，有内衣的脱掉了棉袄、棉裤，跟着呐喊的孩子则成了后勤人员，主动给主角抱衣服。接拉子的人跑得满头大汗，累得气喘吁吁，俗称"喝拉子汤"。

不甘寂寞的乡下孩子们就用这两根棍子，玩出花样，玩出疯狂，玩出快乐，玩得满头大汗，玩得严寒驱散，玩得体魄强健。

弹弓可以说是一种简易的枪或者说是武器，因为它也能够对人或其他物体造成伤害。其制作方法很简单，找个小树杈，用刀子削刮一下，留个手柄，再用橡皮筋或用车内胎剪成约一尺长的细带子拴在树杈的两个顶端即可。要想制作得更讲究些、结实些，就用粗铁丝制成。在使用时也要讲究三点一线。子弹通常是小石子，其杀伤力很强，有时能将树上的小鸟击落。更多的时候，还是小伙伴们在一起射着玩，比试"枪法"。更有淘气者，将别人家的玻璃门窗作为靶子进行射击。

童年游戏（三）

摔炮也是一种玩泥巴的游戏。约两三个小伙伴在一起，将带有黏性的泥土加水、搅拌、和匀，揉来揉去，直至成为跟今天的橡皮泥似的，软硬适中，然后开始捏成圆锅的形状。捏"锅底"更要讲究技巧，既要捏得很薄，又不能弄破。做好了，先吹一口气，铆足了劲大喊一声"开始摔"，便迅速往地面摔去，会听到"啪"的一声响，底儿会炸开一个洞。洞越大越高兴，因为能成为赢家，而输家要根据赢家"锅底"破洞的大小，赔偿赢家相应的用于补洞的泥巴。如果谁的"锅底"没有破洞，就要把自己全部的泥巴赔给赢家。

跳绳、抓石子、钩脚跳等把戏似乎是女孩子们的专利。

跳绳不但能强身健体，而且能锻炼人的灵活性、协调性，分单人跳和多人跳。单人跳既可单脚跳又可双脚跳，还有绞花跳等，绳子发出"啪啪啪"的声音，让人眼花缭乱，欲罢不能。最热闹的还是多人跳，又称甩大绳，一根绳子被两人抓住，一人抓住一头，甩起来呈抛物线，其他人从旁边斜着冲上去，有时能接连跳上去四五个人甚至更多，由于人多步调很难一致，往往很快就会中止，然后接着重来。

　　抓石子一般用五颗浑圆的小石子，大小、颜色和形状基本相同。抓石子要过好几关。先将一个石子抛向空中，未等落下就要抓起地上的一个石子，如此，直至将地上的石子抓完。还有抓一、抓二、抓三、抓四，一直到飞一、飞二、飞三、飞四。有个别男孩子也像女孩子一样手巧，高难度的动作都能很轻松地完成。

　　钩脚跳通常要三人以上才显得热闹些。游戏要求是单脚站立，另一只脚往后钩住后面伙伴的脚腕，环环相扣，互相依靠。为首者大喊"一二三，开始"，大家便一起围着圈，像一群小蜜蜂似的快活地边唱边跳起来。这需要团队协作，要配合默契，要有集体意识。一人摔倒，大伙就会乱作一团，嘻嘻呵呵，这也是钩脚跳的乐趣所在。

　　丢沙包可以说是经典的儿童集体游戏之一，也是一项运动量很大的游戏。确切地说应该是砸沙包。与其说是沙包不如说是粮包，因为里面基本上不会是沙子，更多的是用粮食缝制而成，比如用高粱、小麦、玉米等五谷杂粮作为填充物，外皮则用做衣服的边角料，然后一针一针缝出来。很讲究的制作方法则要用八块大小相同而颜色不同的布料缝制而成。

　　此游戏至少三人才可以进行。其中两人站在相距约十米的对立面位置，中间位置站立一人作为移动靶子。先由两端的其中一人手持沙包，朝着中间的目标砸过去，目标则迅速躲避飞来的沙包，如果躲得过去，另一端的人则捡拾起来，接着砸过去。就这样沙包在空中飞来飞去，躲闪不及，就会"中弹"，虽然被砸有点痛，大家却很开心。一旦被击中，就要败下阵来，若被对方接住，则此人可以挽救一条命，"中弹阵亡"的人可以"复活"，重新上"战场"。这样的游戏适合多人，那样更刺激更热闹，大家躲来躲去，奔跑着叫喊着，好不热闹。即使在寒冷的冬日里，一会儿就会满头大汗。

抽陀螺最早出现在宋朝，名字叫"千千"，原是宫中玩物，嫔妃们用来打发深宫内无聊的时光。那时的千千，其形也小，放在象牙制的圆盘中，用手捻着旋转，谁转得时间最长就为赢家。

"陀螺"这个名词正式出现在明朝，在刘侗、于奕正合撰的《帝京景物略》中有"杨柳儿青，放空钟；杨柳儿活，抽陀螺；杨柳儿死，踢毽子……"的记载。陀螺究竟是否由"千千"演变而来，虽不可考，但陀螺在明代就成为儿童的玩具却是不争的事实。几百年来，陀螺一直转到现在，仍在不知疲倦地旋转着，把欢乐带到民间。

陀螺的种类很多，有土有洋，有大有小。陀螺都是自己用刀削成的，体形较小。不像现在城市人玩的陀螺，体形硕大，只能用鞭子抽。削制陀螺的材料多是用柳棍，先斜着削出一个尖，在尖上半指的地方切出一道沟槽，这样便于缠绕绳子且不易脱落。

老家人称陀螺为"拉拉纽"，因为用"拉"字比较准确。拉陀螺时，把绳子一圈圈缠在陀螺上，剩余的一截绳子大多缠在食指上，用力一抛一拉，陀螺便会稳稳落在地上旋转起来，像立在那里一样，如果转得飞快看上去仿佛静止一般。如削得比例失调，那陀螺就像喝醉酒似的，摇摇晃晃，很快就会停下来。

制作陀螺最好的材料是枣木，因枣木质地较硬，旋转速度快，玩得时间也长，不容易坏。

真正的玩陀螺还是要抽起来，那样才过瘾。要想抽陀螺，必须做一个较大的陀螺，陀螺太小，一鞭子就会把陀螺抽得飞起来。鞭子长短要适中，短了，缠在陀螺上的线圈太少，启动陀螺时发力不足；也不能太长，能在陀螺上缠绕三四圈即可。冬天的冰面是抽陀螺最理想的场所，既宽敞又平整，孩子们一边滑冰，一边抽陀螺，一边叫喊，有时猛地一抽，突然滑倒在冰面，顿时引得围观者哄然大笑。

抽一抽，转转转，鞭打陀螺转得快。身体灵巧扭动，甩出一声声清脆的鞭响，陀螺飞快地旋转。可以左手打，也可以右手打；可以连续打，也可以间断一会儿再打。年少顽皮的我们不知疲倦，一旦玩起来，就要玩上小半天时间，直到家长喊着吃饭才罢休。

　　陀螺作为一种玩具，看似简单，但要想真正玩好，并非易事。掷陀、持鞭和放陀，哪一个环节都马虎不得。掷陀是抽陀螺的主要技术环节，要利用左腿立地向右转体的力量，带动左臂向前挥动，左手不做任何屈腕动作，全身力量通过手臂和手指作用于陀螺。一鞭一鞭不停地抽打，且要准确地将鞭子抽在陀螺下端，以有力的抽打带动陀螺不停旋转。让陀螺在即将倒下时又被抽打着重新转动起来，这样打陀螺，玩者自然能感受到其中的乐趣。

　　那时的手表虽然价格只有几十元，昂贵一些的也不过上百元一块，但绝对是奢侈品。父亲攒了几个月的工资才买了一块上海牌手表，对于全家人来说视若宝贝。当时，父亲的月工资也就是二三十元钱。刚买手表的那段日子里，街坊纷纷到我家里参观，大家感到很稀奇，自然也是赞不绝口。父亲的那块手表，也因此成为村里很多小伙子相亲的道具。能够拥有手表对于孩子们来说，更是梦寐以求的事情。在愿望不可能实现的情况下，只好想办法自己画手表。

　　小伙伴们聚在一起，年纪大一点的孩子拿来钢笔或圆珠笔，让年纪小一点的孩子撸起袖子，用笔开始在对方细嫩的手腕上画。那感觉痒痒的，有人吆喝着不让动，唯恐画偏了，或画歪了。先画圆，即表盘；后画表链，一格，一格；再画时间刻度，一刻，一刻；接着画上时针、分针，甚至秒针，长短粗细不一。画好了，看一看，很得意的样子，好像手表真的能快乐美妙地转起来。

　　手腕上画了手表的孩子，几天不洗手也是常事。可惜的是，随着时间的推移，手表的颜色就会越褪越淡，此时心里就不免有些失落。

童年游戏（四）

下雪天，孩子们喜欢站在雪地里，仰着头，张着嘴，伸出舌头，品尝雪花的味道。雪越下越大，地上的积雪越来越厚，玩得也更欢了。打雪仗、滚雪球、堆雪人……在白茫茫的雪地里尽情撒欢、奔跑，那深一脚、浅一脚踩在积雪上发出的"咯吱"声，有些悦耳。

有时候，孩子们还会在冰上玩"打漂漂"的游戏，即每人拿着薄薄的瓦片，先是站立成排，然后从左边或右边开始，逐个手持瓦片弯下腰贴着冰面往前溜，看谁的瓦片在冰面上溜得远，谁就是优胜者。

夜里，气温骤降，房檐下都会垂下长长的冰锥，树上则结出了松针样的冰挂，晶莹剔透。老人们说，这冰锥结得越多、越长，来年的收成就越好。孩子们似乎也偏爱玩长长的冰锥，由于多在屋檐下，无法触手可及，便手持木棒敲打，受到撞击的冰锥便啪啪跌落在地上，大多被摔得七零八落，有的则相对完好，于是孩子们就会捡拾起来像吃冰棒一样有滋有味地舔着。更有爱做恶作剧者，将一小块冰偷偷放进伙伴的脖子里，对方就会号叫一声，迅速从棉衣内抖搂掉。尽管如此，彼此却不会翻脸，依然开心地玩着。

冬天是农人最难过的日子，可用"熬"字来形容其艰难。屋里和屋外的温度几乎没啥差别，甚至屋里更阴冷。所以，每到中午时分，恰又天气晴朗，向阳的墙根边，总是聚着晒暖的老人。对孩子们来说，则不会如此安分，为了取暖和娱乐，就开始玩"挤压油"。

孩子们紧挨着墙根侧身站成一排，第一名通常是孩子王，手脚并用撑在一个墙角里，其余孩子拼命向前挤。边挤边想法用肩头把自己前面的一个人挤出去，企图挤到第一名的位置。墙角里的孩子更是用肩膀全力往外挤，力图保住自己的位置。一旦被挤出来，就只能从最后开始再跟着往前挤。大家边挤边喊："加油！加油！"如此，循环往复，呐喊声嬉笑声打闹声，热闹非凡，直挤得头顶冒热气，额头上渗出了汗珠，每个人的脸上都红扑扑的。

斗鸡也是冬日里孩子们常玩的游戏之一。确切地说是斗拐，此项游戏考验的是人的体力、耐力和平衡力，所以参与者多为男孩。当然，也有少数性格外向的女孩参与厮杀，演绎巾帼不让须眉的真实场景。

方法虽简单，但也讲究技巧。运动量大、对抗性强，富有挑战性和攻击性。斗鸡游戏常常选在地面开阔的场所。接下来便是分组，通常按照人数和强弱组合，分成两方。具体玩法则可谓五花八门。比如单挑，即双方各自挑选出一人，单腿直立，将另一条腿抱在怀里摆成平面三角形，不能脱手，犹如一门蓄势待发的火炮，呈金鸡独立状。裁判一喊"开始"，双方就蹦跳着相互碰撞，但不能用手推搡，只能用膝盖顶、撞、压、击，运用转身击、侧身顶的技术组合，如果哪一方站立不住，松手了或被撞倒了就算输掉了。

有自告奋勇者一马当先，另一方也不甘示弱应声而出，其余人等则各自为队员呐喊助阵。在大家的呐喊声中会有一方率先败下阵来，众目睽睽之下输得很没面子，赢者则耀武扬威继续叫阵。对手不服气自然会继续迎战。有时遇上一个特强的对手，另一方往往无人敢轻易出阵相迎。为避免冷场，或让其暂时退下，让其他人上场，或让两个人一起迎战，变成二对一。这虽然有失公平，但在那种场合下，双方也都不会去计较了，主要以热闹为主。有时，两边各出几人，两两成对厮杀。双方一般会派出强弱搭配组合，既消耗对方的战斗力，又可以彼此照应。弱者败下，又有人替补上来，继续成对厮杀，可谓前赴后继。其他未上阵者则在旁边呐喊助威。获胜者往往会兴奋地高举双手不停地转圈，失败的一方则会趁其高兴时偷袭，一拐顶在其屁股上，顶个跟跄，引得孩子们一阵哄笑。

临近春节，小伙伴们都放寒假了，闲着没事干便跟着家长赶年集，除了看热闹还要买年货，鞭炮自然是不会少的。老家集市上卖的都是一些个体作坊手工制作的鞭炮，俗称炮仗，一挂二三十响。每家过春节都要放鞭炮，少则两三挂，多则四五挂，主要确保在年三十晚上和初一早晨放两挂，其他的都让孩子们拆开单个燃放了。在孩子们看来，一挂一起放实在是浪费，一个一个地放才过瘾。

过年对于男孩子来说，最喜欢的莫过于放鞭炮了。村里没有通电的年月，大家很少会在家里待着，而是整天乱串，想着法子玩，所以就整出一些燃放爆仗的花样儿来。

比如炸牛粪。那时，牛是农村耕种的主力，很多人家都养牛，牛粪自然随处可见。人们常说一朵鲜花插到牛粪上，可是我没有见到谁往牛粪上插过花，倒是往牛粪上插炮仗这事我做过。牛粪也要有所选择，太干的不行，且寒冬腊月容易上冻，即使插上去也炸不出纷飞的效果；太稀的也不行，因为不成型插不住；最好是冒着热气或带着余温且成坨的。

听起来很好玩，似乎也很容易，可是小伙伴们并非都愿意去点燃炮仗。因为一旦点燃了，必须快点跑开，稍有迟钝被炸飞的牛粪就会溅到身上。谁也不希望溅到自己身上，而是希望溅到别人身上，那样其他人就会幸灾乐祸，高兴得笑破肚皮。

比如炸小瓶儿。儿时，想找个小玻璃瓶儿也并非手到擒来，如果哪个小伙伴有一个小墨水瓶或者打点滴的大盐水瓶子，甭提多高兴了，一堆人围在一起，先把整个炮仗放进小瓶里，如果瓶口太小就不好办了，就要把炮仗的外衣剥掉几层，如果大一些就要将炮仗增粗，周身缠绕纸片等，最终使瓶口只露出捻子为最理想状态。准备就绪后，将瓶子平放在开阔些的地面上或者台子上。由一名胆子较大的伙伴负责用火柴或香烟引燃捻子，其他人撤离时还不忘学着电视剧《地雷战》《英雄儿女》中的台词儿大喊着"撤退、隐蔽、卧倒"。爆炸声响过以后，一片欢呼雀跃。

再比如炸水桶、水盆。那时的水桶大多是铁桶，如果是塑料桶，一个炮仗就会把水桶炸裂开，自然少不了会被家长训斥。小伙伴们会把炮仗点燃后扔进水桶里，回音很大，且声音绝对不同凡响。通常是每人轮流扔，这样才能分清谁扔得好，谁的炮仗最响、最清脆。

有时，还用搪瓷盆替代。燃放方法跟水桶有所区别，要先将瓷盆倒扣，即盆口朝下，将炮仗点燃后迅速塞进去，刚跑开不远就会听见沉闷的响声，有时气浪会把瓷盆顶起来，但危险性相对较小。

还有炸吓人。过年时，人们都很清闲，没有事干就站在街上闲拉呱，或踢毽子或跳皮筋等。这些人当中自然有不少神情专注者，这时就有淘气的小孩从人群中走过，一边走一边偷偷地把单个炮仗点燃，随手放在他（她）们身后。"啪"的一声炸响后，只听"哎呀"的叫喊声传出，反应敏捷的人会不由自主地跳起来，见此情景，始作俑者便大笑着撒腿跑开。

没有玩具的日子，摘一片树叶，对折，放进嘴里，吸一吸，也能发出一些声音来。我认为，在众多的树叶中，柳叶似乎吸出的声音最婉转、最清亮、最柔媚。我们还可以不用叶子，而是将双手合拢，中间留空，用嘴对着两个并拢的拇指中缝，也能吹出浑厚的声音来。

在农村，孩子的天职就是玩耍，在玩耍中慢慢长大。村庄就是一个天然的游乐园，骑着树枝当马，满街疯跑，捉迷藏、掏鸟窝、踢毽子、跳皮筋、跳房子、打水仗、捅马蜂窝、捉蜻蜓、玩泥巴……能玩的游戏实在太多了。这些，对现在的孩子来说几乎都是陌生的。

　　童年就是一首歌，随便一个音符都让人留恋回味。那些充满趣味的童年游戏，宛若一颗颗晶莹剔透的珍珠，历经岁月之水冲刷浸泡，始终没有黯淡或湮没，反而越发圆润，至今依然镶嵌在我的记忆星空里，闪烁着璀璨的光华。虽然它们都没有亮丽的外衣，很多还是就地取材，甚至说是十分的简单与丑陋，操作起来也非常容易，但仍然使我的童年开心幸福。在乡野田间寻觅到的那份快意和乐趣，时常让我魂牵梦绕。

童年趣事（一）

　　我从七八岁开始就帮助父母干一些力所能及的活了：拾麦穗，摘豆角，看庄稼，割青草……虽然不是主力队员，只是象征性地劳动，仍不甘示弱，也觉得新鲜无比。

　　夏日的苏北乡村，每一天色彩都在发生着变化。蓝天下的广袤原野先是由淡绿转为翠绿，接着逐渐变成深绿。入伏后，伴着一场场疾风骤雨，主要作物高粱、玉米开始疯长，青幽幽的庄稼地里很安静，我和小伙伴们钻进里面割草，仿佛可以听到庄稼拔节的响声，一株株长得比人还高，尽情地伸展着臂膀，稍不注意，浑身都会被触碰到。青葱的果实和着泥土的气息，说不清是清香还是馨香，那味道只用鼻子闻是不够的，需用心去品。

　　等到青草装满篮子的时候，就该收工了，几个小家伙一嘀咕，便开始了秘密行动：有的钻到瓜园里趁着看瓜老汉不备，"抱"几个甜瓜；有的跑到玉米地里，砍几棵不长穗的甜玉米秸秆，然后大家聚在一起分享胜利果实。大家吃着、笑着、玩着、跳着……

每年红枣收获的季节，我就邀请要好的三立来到我家，一起爬到树上攀枝摘枣，装到书包里，装满后用拴有挂钩的绳子小心地放下来。奶奶在树下接应，等她倒完我们又接着将空包拉上去继续摘。直到将能够到的地方都摘净了，剩下不便攀爬的地方只好用竹竿猛捣乱晃。就听到地上"啪啪"响个不停，枣儿在地上乱滚。此时，往往会引得邻居家的孩子前来凑热闹，他们在下面大呼小叫地指点着，一会儿说这边多，一会儿说那边多。尽管是没有秩序地指挥，我还是要听，这也许就是人们所言"旁观者清，当局者迷"的缘故吧。偶尔我还能听到他们突然发出的号叫声，原来是大红枣砸在了脑袋上，那狼狈的样子令人忍俊不禁。

摘马泡也是童年的趣事之一。马泡是俗称，真名叫"马泡瓜"，在农人们眼里是一种杂草。其嫩叶初长的时候，外形近似栽种的甜瓜苗，不过有经验的老人一眼就能认出马泡苗。马泡的叶子上有许多柔软的刺，用手抚摸有微微的刺痛感。马泡刚结出来的时候，毛茸茸的，顶端开着一个花蕾，随着花蕾的凋谢，马泡也就变得滴溜儿圆，如葡萄般大小了。没有熟透的马泡吃起来很苦涩，我后来才知道马泡熟透的时候会变成金黄色！黄黄的马泡散发着浓郁的香气，弥漫全屋，放在鼻子跟前深深地吸一口，好似闻到了里面的甘甜，这时吃起来才能感觉到有些微甜。更多的时候我会把它们放置床头，清香便会熏醉一个美丽而香甜的梦！

可是，年幼的我们很难能够等到那个最美的时刻到来，总会在它还是青的时候便摘回家中，闲来无事时就用小手不停地捏弄青色的马泡。捏弄有技巧，用力要均匀，大了会弄破马泡，小了不能把马泡捏均匀，而拿捏得正好的话，马泡就成了软软的包着很多汁水的玩物了。和其他孩子在一起时，如果想捉弄谁，就冷不丁对其脸捏破马泡，苦涩的汁水顿时让其满脸开花，嬉闹中欢乐开怀！

龙葵对于童年来说也是难忘的。龙葵果，故乡人称之为青豆豆、紫豆豆、黑豆豆等，这些叫法完全是根据它不断成熟变换的颜色而来。龙葵果只有黄豆粒那么大，圆圆的，内里有细籽，一如茄籽。它的果实还没成熟时泛着亮晶晶的嫩绿，这时，一股清甜便在心中蔓延开来。成熟的龙葵果呈浅紫色，酸甜可口，而熟透的则紫得发黑，像葡萄那样甜甜的，看上去令人垂涎。我当时曾想，如果它的个头像葡萄一样大，该有多好呀！

龙葵生长在路旁、水沟边、菜园里、庄稼地里等处，数量并不多见，完全是野生的，有时是踏破铁鞋无觅处，一旦找到，就像哥伦布发现新大陆一般惊喜。它的枝叶闪烁着幽绿的光芒，它的白色小花虽不妩媚，却有一种清新恬淡的气息，轻盈灵动，尽情绽放，让人亦真亦幻，如痴如醉。有时为了能够与之邂逅，我会钻进又闷又热的玉米地里，胳膊上被玉米叶划出一道道的红印子，汗水浸湿后，皮肉涩涩地疼，却没有薅多少草。但尽管如此，能吃到龙葵果，也就心满意足了。

后来才知道，龙葵果含有身体必需的营养成分维生素、氨基酸、矿物质等，既解渴提神又美容养颜，还是一种中草药，可用于防治多种疾病。难怪那时的孩子很少生病，也许是经常吃它的原因吧。

童年趣事（二）

　　过家家也是非常有趣的游戏。虽然五六岁的孩子们并不懂得"成家立业"这个成语的分量和含义，但并不妨碍他们喜欢那个自己建立起来的温馨小家。游戏规则很简单，通常是天作被，地作床，瓦片作锅，沙砾作米，野花野草为蔬菜，树棒为筷子，塑料布为桌子……还要有家庭成员，男孩为夫，女孩为妻，个子矮小瘦弱的为子女。如果孩子们聚集得较多，就会通过"剪刀、石头、布"的猜拳方式分配角色，或者抓阄配对，摊上谁就是谁，不能挑肥拣瘦，这样有利于团结，也是公平的。即便这样，也难免会出现有孩子落单或对自己的角色不满意的情况。

　　在过家家的游戏中，最热闹也最隆重的当数娶亲了。谁当新郎，谁当新娘，确定下来后，大家开始准备婚礼。小孩模仿着大人们进行仪式，先举行典礼然后进入洞房，大家闹一会儿便自觉散去，给新郎新娘留下空间和时间。其实，年幼的孩子们又能做什么呢？片刻就会从"洞房"里走出来，大家又开始在一起玩耍起来。

小人书，也叫连环画，是每页同时配有文字与图画的读物。之所以名曰"小人书"，主要原因有两点：一是尺寸较小，比成人巴掌略大；二是读者群大多是孩子。

儿时物质生活匮乏，精神生活更是苍白。尤其对于已跨入校门且认识的文字越来越多的孩子们来说，读书可以说是最能满足求知欲与好奇心的精神娱乐活动了。由于课本已经在课堂上阅读，于是便会设法找一些图文并茂的小人书作为课外读物。小人书像散发着馥郁的精神食粮，吸引着具有强烈阅读欲望的我们。

儿时的我对小人书的痴迷，仿佛一只馋嘴小猫咪对鲜鱼儿的贪婪。一有机会，我就会捧起小人书，如饥似渴地翻阅一阵子。看到兴致处，会情不自禁地手舞足蹈，抑或啧啧赞叹，有时看到一些故事情节或画面也会心绪忧伤。

小人书的魅力，对于孩子来说是不可言喻的。

首先是书中一幅幅生动形象的连环图画，给孩子们呈现了一个精彩纷呈而又直观醒目的感官世界。那时，生活环境相对闭塞，不像现在的孩子，可以通过影视或网络尽览无限视觉盛宴。于是，各种题材的连环画，在很大程度上填补了视觉空缺，使原本稚拙的童心世界，渐渐得以充盈起来。

其次是文字简单明了，生动活泼，通俗易懂，符合孩子们的阅读胃口。而且，小人书涉及的内容比较丰富，有神话、传说、悬疑、战争，还有古典名著等。读《哪吒闹海》，就会被哪吒一颗顽皮不羁的童心所吸引；读《大闹天宫》，就会被孙悟空神通广大的本领所折服；读《白蛇传》，就会被白娘子真挚的情感所感动；读《铁道游击队》，就会对飞虎队员们爬火车、炸铁轨等英勇顽强的壮举赞叹不已；读《杨家将》，就会被杨门忠烈们跃马挥枪、赤胆报国的义举所感染；读《三国演义》，则会为刘关张的生死同盟，情同手足的兄弟情谊而潸然泪下……

小人书以其独有的魅力，丰富了我的童年，滋养了我的童心，并陪伴我快乐而健康地成长。毫不夸张地说，我是在小人书里"泡"大并成熟起来的……

在故乡，柳树是出芽最早的树种。柳芽初露的三四月份，也是孩子们最开心的时候，尤其是男孩子们，拿手好戏就是折下柳枝拧喇叭。做喇叭宜在清明前后，早了柳枝水脉不足，用手拧不动，晚了柳芽生发出来，就不容易拧完整，常常会出现裂口，影响喇叭质量。喇叭要现做现吹，搁置一夜，便蔫巴了，很难再吹响了。有时为了延长喇叭的寿命，当晚睡觉前会将喇叭放在碗里用凉水泡上，第二天把喇叭取出，把水甩干还可以吹响，但音量、音质明显不如新的。

有时为获取一根理想的柳树枝，要费很多周折，或爬上墙头，或爬到大柳树上，伸手掰断粗细适中的柳枝，细如竹筷子，粗如小手指头，用刀将两端剁齐整，不留毛刺。一般剁成约十厘米的长度，短的只有五六厘米。将柳树棍放手中，轻轻用力均匀地左右拧一拧，用力不能过大，防止破皮，等到树皮与树棍之间变松动后，还要继续拧，直到完全没有粘连后，用牙咬住一端，两手握住柳树皮，缓缓抽出光滑的小白棍，手里便留下了柳喇叭。

喇叭制成即可吹响，但吹出的效果不好，还需继续加工。将喇叭一端捏扁呈"一"字形，用小刀轻轻削下两三毫米树皮，露出鹅黄色的"肌肤"，这样喇叭才算真正做好了。把它含在嘴里吹气，随着一丝青涩的味道流转舌尖，"嘟嘟"的声音立刻响起，悠扬、高昂、清脆。柳树下，马路上，墙根旁，院子中，三五成群的孩子们人手一只喇叭，或大或小，或长或短，个个兴高采烈的样子，喇叭声此起彼伏。喇叭声音的高低，是由柳棍的粗细长短决定的，有的发出浑厚的"嘟嘟"声，像牛吼的声音；有的发出尖厉得像雏鸡叫的声音。有的人嘴里只含一支，有的人可以同时含三四支，能发出不同的声音。

有时大家也会商量好一起吹，仿佛笛子合奏。有时是几个伙伴互相比，看谁的声音高，看谁憋气时间长。声音高且憋气长者便扬扬得意。喇叭声声，春风拂面，缠绵的喇叭声给童年留下了无尽的乐趣。

那时生活困难，学会寻觅食物填饱肚子也成了孩子们的必修课。除了偷摘一些瓜果梨枣之外，就是进行烧烤了。这在《童年的烧烤》一文中有详尽的描述。

在田野间发生的趣事还有很多，比如逮蚂蚱、捉蛐蛐、采野花、追野兔，等等。

第五辑　习俗

　　结婚如果算是大喜，那么生孩子又何尝不是呢？那是婚姻的延续，使人类得以繁衍生息。十月怀胎，一朝分娩。怀孕叫"有喜"，生孩子叫"得喜"，把消息告诉亲朋好友叫"报喜"，就连送人的鸡蛋也叫"喜蛋"，总之都离不开一个"喜"字……

喊魂

老家很多人认为，人死了灵魂还是存在的。这一说法根本没有科学依据，可老家很多人相信，我经常听他们说关于鬼的故事。

袁锡凤说，他遇到过"鬼"。那次他到外村喝酒，很晚才回家，三四里的路程，他却走了大半夜。到天蒙蒙亮时，他才醒来，发现自己睡在坟墓旁边。据他回忆，有人给他带路，他在后边跟着走，老是走不到尽头，原来是围着坟墓转圈，转累了便倒头睡了……

据说黑蛋（乳名）也见过"鬼"。那次他也是从外村喝完酒回家，为了节省时间他走了小路，中间要经过一片坟地，结果他被"鬼"按倒，嘴里还被填了土，要不是家里人及时去找他有可能会被噎死。这些事当然不会是真的，可在当时的农村居然很多人信了。

村庄上还经常发生死者的灵魂"跑"到活人身上的事情，也就是所谓的灵魂附体。受害者都是女性，常常大哭大叫，而且还能借故去人的口吻说话，让人将信将疑。这时人们常常要找来平时显得有些凶狠的人，到其面前狠狠大喊大骂一通，再接着掐其虎口，一会儿就清醒过来，恢复正常。这事显得很滑稽，可也有人信了。

在老家，孩子受到惊吓或者生病发烧，有时高烧不退，打针吃药似乎也不奏效，迷信的人多半会认为是孩子在外面玩弄丢了魂儿，是"鬼"缠身。这时候，孩子的母亲通常要给孩子喊魂，将小孩的魂魄领回家。

在我的脑海里时常浮现出母亲们喊魂时的情景：一年四季，不论春夏秋冬，只要孩子生了病，天未明，母亲便会拖着一条青青的竹枝扫帚，上面系着她孩子的贴身小褂，走在村前的小溪边，边呼唤孩子的乳名边祈祷："孩子，跟娘一起回家吧！"

孩子的母亲这样一遍遍呼唤，试图把孩子弄丢的魂儿喊回来，而此刻，她的孩子或许正躺在床上发着高烧。母亲的声音温柔、焦虑，而又充满恭敬和小心。这便是家乡流传的喊魂仪式了。

喊魂会让稍有科学常识的人觉得可笑，也让孩子们感到恐怖。

而这一切，多半在头天晚上已经开始了。

晚饭后，母亲心疼地守在生病的孩子身边，或用红糖与生姜一起煮汤，一口一口喂孩子，或用湿毛巾捂在孩子的额头上，抑或刮痧等，还反复询问孩子在哪里被吓着了。但她幼小的孩子总记不清自己曾在哪里玩耍过，因为对于农村的孩子来说，处处都是乐园。母亲只得请求"灶间菩萨"。

万籁俱寂时，母亲将家里煮饭的锅洗了又洗，直至干干净净后，放入一些清水，将一把浸过水的竹筷靠拢在一起，置于锅底的中间。第二天清晨，早起的母亲便很快"找到"了孩子受惊吓的位置——竹筷倾倒的方向。母亲充满忧愁的双眼仿佛一下子看到了光芒和希望，她的身影不久便出现在出事的方向，开始了喊魂仪式。

然而，孩子的魂儿仿佛比孩子还贪玩，母亲并不能在这样一个清晨就能将他喊回来。喊不回孩子的魂儿，母亲也像丢了魂似的。于是，母亲会再次带着焦急而又虔诚的心来到那里，发颤的声音在空旷的田野上回荡。母亲憔悴无助的影子在风中摆动，她仿佛看到自己的孩子又恢复成往日调皮、雀跃的样子……

过了一段时间，母亲的脸庞又会出现笑容和欣喜，因为孩子又恢复了往日活泼可爱的样子——应该是药物起作用了。而孩子母亲高兴地告诉邻居，她喊回了孩子弄丢的魂儿。母亲的眼中充满感激与幸福的泪花。要知道孩子身体的不适，可比母亲自己身体的不适还要难受，因为母亲的心头只有她的孩子啊！

生命行至水穷处，大爱坐看云起时。

那是融进血液里的人性美。母亲之爱，从孕育开始，从分娩升级，在哺育中饱满，在呵护中升华。

母爱是心，是魂，是涌动着的血脉，是基因里的密码。母亲总是希望自己的孩子健康、平安、幸福，这也许是母性的共性。那种对自己孩子彻底的爱和呵护，在母性美里，亘古不变，恒久回荡。

时间是用来爱的，身躯是用来爱的，生命是用来爱的，而灵魂更是用来爱的。爱是一种天赋，母爱更是一种无与伦比的天赋。

许多年后，当我奔波在外，偶尔遇到迷惘、彷徨或身体不适时，脑海中总会浮现出母亲喊魂的旧影。

现在想来，当年母亲喊魂也只是一种精神寄托，是心理安慰罢了。我相信在一条更长更宽的岁月和心灵的河岸上，母亲每时每刻都在为她的儿子喊魂，无论儿子离开母亲多远都走不出母亲的牵挂。

母亲之爱，天造地设。

晒暖

立冬过后，就正式进入冬季了。冬天是一个应该休闲的季节，对于老家人来说，闲来无事，最好的消遣方式就是晒太阳，老家人称之为"晒暖"。

天寒地冻的日子，晒暖似乎是最好的取暖方式。老家人不习惯待在屋里，因为很少人家有火炉，在这种情况下，有时室内反而比室外阴冷。只要是晴天，老老少少大多会拎着小板凳聚在向阳的墙根儿下。阳光也真是奇怪，任寒风多么刺骨，任气温多么低，只要找到一处避风的墙，不一会儿，就会被阳光晒暖。

晒太阳的人悠闲地抄着袄袖筒，除了东拉西扯、插科打诨外，还对过往的行人评头论足，更无聊的时候，动物都能引起他们的关注。有一次，二蛋看到一只公鸡在打鸣，便大骂："你个丈人的，搁那里瞎嚎啥！"说着捡起一个石头块砸过去，公鸡吓得戛然而止，仓皇而逃。这些人当中也不乏勤劳者，他们会在附近放上拾粪的工具，晒上一会儿太阳，就会围着村子转一圈，拾上几坨狗屎。这一行为被戏谑为"追狗腚眼子"。

晒暖的场所基本固定，大家商量好了似的都往那里奔。几乎每一个村子都会有几处大伙儿喜欢聚的墙根儿，既要避风又要视野开阔不遮阳。大老爷们儿或坐或躺或蹲，以最舒服的姿势，微闭双眼，懒懒地舒松着自己的关节，想让一年的辛劳都被暖暖的阳光晒化。小狗、小猫也经常会蜷缩成一团，眯着双眼，陪着人们安静地享受阳光。

孩子们则不同了，像不安分的鱼儿，在阳光下游来游去。下了课，靠墙根站上一大排，手插在袖管里，两脚叉开站稳了，只许用肩膀，一二三，开始互相挤，不挤得怪叫连天鼻歪眼斜不算好汉，被挤出去了也不算完，跑到队伍末尾排上重新来过，直挤得浑身暖乎乎。

妇女们往往是边拉家常边做针线活，特别是做棉鞋，那是检验一个主妇是否心灵手巧的关键。心灵手巧的女人会将鞋子做得模样好看讨人喜欢，手拙一点的女人会将鞋子做走样，像两只肥大的胖头鱼，或者像两只小木船，要多难看有多难看，既不跟脚，还容易摔倒。两相对比，做棉衣棉裤就不一样了。棉衣棉裤大多肥头大耳，分不出腰身，针脚稍微差点儿，款式走样都无关紧要，反正穿在身上都一个效果，笨拙得如同狗熊，日常生活很不方便。特别是棉裤，肥裆、高腰，裤腿用绳子扎上，能装下一口袋黄豆。裤腰往上一提，一直能到达胸口，能抵挡寒风，穿着暖和，一穿就是好几个月，跨越整个冬季。

更多的时候，妇女们靠在墙边或坐在院子里，三五成群，一边晒暖一边纳鞋底，抑或织毛衣或缝补衣服。衣服大多是棉线质地，不耐穿，易破，巧手的主妇会在破洞上补出一朵花，养眼又遮丑。极少有女人像男人们那样游手好闲无所事事的，她们往往是纳一针，用针撩一下头发，说些东家长西家短的话，说些儿女私房话，说到尽兴处也会像男人们一样哈哈大笑。那些笑声、叹息、怅然和希望，都融在阳光里，被缝进衣服，穿在身上。她们一坐就是小半天，等到一看时间，哎呀，已经快到做饭的时间了，嘴里会嚷嚷着该回家做饭去了。但嘴巴上说着，屁股却似乎并不愿离开椅子，往往还要拖延一会儿。

晒上一会儿太阳，青壮年男人们便耐不住寂寞，吆喝着聚在一块儿打牌。以纸牌为主，偶尔也有麻将。打牌容易上瘾，所以他们常常发扬连续作战的精神，从白天的屋外阳光下转到晚上的屋内灯光下，通宵达旦也是常有的事，或废寝忘食或家里人送点饭吃。赢者自然兴奋不已，输者唉声叹气不止，旁观者虽然很清醒却也干着急，牌场有规矩——看者不能多言。等到大伙散去的时候，屋内已是乌烟瘴气，只有撒落满地的香烟屁股在那里横七竖八地躺着。

最安详的是那些老人们，闭着眼，任阳光在皱纹里流淌。他们静静地倚靠在墙上，阳光照在他们黑色的棉衣上，聚集的热量被全部吸收，他们的体温也随之升高，让身体慢慢发热。等到正午的时候，他们甚至会解开身上的棉衣捉跳蚤。他们点起旱烟袋或自制的烟卷，时不时深吸一口，那模样有些陶醉。他们大多闲扯些家长里短，庄稼收成，回忆当年，生老病死，对现实社会的褒贬等。

年纪更大一些的老人，几乎一言不发，也许是耳背的缘故，不便于交流，只是闭目养神。我想他们可能在回忆尘封的往事。阳光不老，但一个人会老，我的祖辈们就是这样日渐衰老。阳光不锈，那些靠在墙上晒暖的老人，闭着眼，如同暗礁，在往事里沉浮，最终静静地老去。几乎每个人都有自己固定的位置，但每年都有可能少几个人，因为他们老了，抗拒不了生老病死的规律。据说，屹立的爷爷就是在晒暖的时候闭上双眼的，同伴们以为他睡着了，便没有打扰，直到家里人喊他吃饭的时候才发现。可以想象出来，他们这些在暖暖的阳光中静静地度过了最后时光的老人，去世的时候一定很安详，也许不会有太大的痛苦吧。

暖阳下，捉虱子也是常有的事情，甚至说是惬意的事情。孩子依偎在父亲或母亲身旁，通常是女孩靠着母亲，男孩靠着父亲，父母亲全神贯注地在孩子头上翻找着藏在头发间的虱子。特别是留长发的女孩子，头上更容易成为虱子滋生的聚集区，所以经常用手抓挠。我曾经看到有人的长发上附着斑斑点点的白色虫卵，俗称"虮子"，是虱子的幼虫。虮子是白色的，椭圆形，很小的颗粒状。对付长发上的虱子最好的办法就是用篦子一遍又一遍梳理，很多虱子或虮子就会留在篦子上。

由于虱子比较柔韧，用手指头捏压很难将其置于死地，最好是两个指甲盖对着碾压，才会将虱子致死，有的已经吸血的虱子就会发出微弱的声响还会有血迹流出沾染指甲。孩子头上的虱子被清除后顿时觉得浑身轻松，脸上流露出高兴、享受的表情。

捉跳蚤也是暖阳下不可或缺的事情，尤其是老年人。因为老年人整个冬天都很少换洗衣物，更不会去洗澡，时间久了身上就会生出跳蚤。被跳蚤咬到人会感觉很痒，而且在被咬处会隆起一个小包。暖阳下的中午时分，温度相对较高，此时最适宜宽衣解带，于是经常看到老年人解开自己棉裤的大裤腰，或将大棉袄解开怀，在那里低头专心致志捉跳蚤。跳蚤顾名思义爱好跳动，所以捉起来并非像虱子那样手到擒来，动作要快要准，发现目标先迅速将其捂住，然后缩小范围，步步逼近，直至擒获。喝了血的跳蚤被消灭后，会有一小股浓浓的鲜血流出来。

遇上十分响晴的天，太阳在天空挂着，一副温和的表情，温暖得像盛开的棉花，一朵一朵落下来。冬天的阳光就如同春天的雨一样宝贵，人们像约好了似的，都默契地纷纷把箱底柜底的棉被棉衣抱出来，晒太阳，被子与棉衣蕴藏着整个寒冬里温暖的美梦。有的还把被罩、床单拆下来，浸泡在盛满肥皂水的大盆里，经过揉搓漂洗后，将干净的衣物搭在铁丝上晾晒，那情景很壮观。

被面上、床单上印着各种各样的图案，彰显着欢喜热闹吉祥，透着俗世的美好，寄托着人们对幸福生活的愿景。有的被面上盛开着大团大团的牡丹花或芍药花，花朵硕大，花瓣怒放，寓意花开富贵；有的印着喜鹊站在花枝上，尾巴拖得长长的，仰首望着朝阳，被面的底色，大红或大绿，非常耀眼，寓意喜鹊报喜；有的印着一对一对的鸳鸯，在水里嬉戏，意为鸳鸯戏水……这些都舒展在阳光下，仿佛一切都变成了真的。

趁着冬日的好阳光，家家户户喜晒丰收成果，构成一幅幅美丽的晒冬图。金灿灿的黄豆、翡翠般的绿豆、红艳艳的辣椒，还有玉米棒、红薯干等主食干粮，整个院落就像五彩斑斓的调色板。朝晒暮收，晒的是农家人辛勤劳动的汗水，晒的是丰收的喜悦，晒的是幸福而又简单平实的生活，晒的更是酸甜苦辣咸五味俱全的烟火人生。晒冬的日子忙碌而充实。

后来，安于晒暖的人越来越少了，年轻人都外出打工了，物质的欲望让人变得躁动不安起来。钞票、房子以及外面的花花世界刺激、诱惑并鼓动着他们纷纷拥向城市。他们或独自或携妻带子背井离乡，来到陌生的城市里安营扎寨，拼命劳作，艰难度日。寒风冬日里，大雪纷飞中，冻僵的双手仍在劳动，他们失去了冬闲的阳光，也失去了享受阳光的心情。他们甚至连回家过年也不愿意了，只是给家里寄点钱，然后继续在陌生的地方为生计奋斗。

如今的老家，能够晒暖的也只有老人和孩子们，他们即使在阳光下，似乎也感受不到阳光的温暖，因为失去了天伦之乐，剩下的只是阳光下的寂寞、叹息……

喂奶

　　生活是由点点滴滴的无数细节组成的。在众多的细节中，有很多是不被人注意的，母乳喂养就是一个例子。若不是近日看了一则关于母乳喂养越来越受推崇、普及率越来越高的报道，我也不会想起喂奶的话题。

　　还是从在部队的时候发生的有关喂奶的事情说起吧。我们团机关司务长的妻子带着年幼的孩子到部队探亲，有时孩子饿了，那位军嫂几乎毫无避讳地给孩子喂奶。一位团首长见到后有些不解，就问我是不是老家人都是这个样子，因为他知道我与司务长是同乡。我点头称是，那位首长流露出不可思议的神情。

　　在我的老家，女人在公开场合喂奶司空见惯。人们也许觉得生养了孩子的女人在大庭广众之下掀起自己的上衣，给孩子喂奶是天经地义的。对于这一举措，人们不会认为是女人轻浮，反而觉得是那么圣洁。正是这一缘故，人们才会对此熟视无睹，更多的还是触景生情。抑或想起自己也曾如此这般得到母亲的喂养，因为自己也是躺在母亲的怀抱里，毫无避讳地吮吸乳汁长大的，那乳房就像盛满奶水的奶瓶。唯一不同的是，奶瓶有定量，乳房无定量，也就没有什么奇怪的了。抑或想起自己的妻子在哺乳自己的孩子，更多的是被打动和感染。

响晴的天气是喂奶的好时机。阳光洒在身上温暖舒适，此时母亲有一种暖洋洋的感觉，似乎有些陶醉，目空一切的样子，只是用无限的深情注视着怀中的孩子，眼里流露出不可名状的骄傲，幸福感、荣誉感、富足感、成就感和憧憬感写满脸上。母亲一只手托住衣服稳住乳头，一只手托住怀中婴儿的脑袋，吃奶的孩子更是显得贪婪，紧紧吸住奶头不松口。那情景在画家的眼里，就是一幅无与伦比的圣母哺乳图。要过好大一会儿，婴儿才会有吃饱的感觉，之后便开始变得有些不安分起来，微微闭着眼睛在母亲的怀抱里磨蹭，脸蛋儿却始终紧紧贴着母亲的乳房，还是有些依依不舍。看着怀中可爱的孩子，母亲的脸上洋溢着快慰而满足的微笑，那是只有圣母才可流露出的自豪和成熟的欢愉。

饥饿的孩子常常会显得很"霸道"，肆无忌惮地占有，用力将母亲吮吸得很疼痛，那似露非露的牙床把乳头磨损得甚至会溢出淡淡的血来。此时，母亲也会嗔怪孩子，或哎哟大叫"小东西，给你吃还咬我，疼死我了……"或轻轻拍一下孩子的屁股，以示对孩子的惩罚，或干脆将乳头从孩子的嘴巴里抽出来。孩子因此会哇哇大哭起来，因为那就等于剥夺了"口粮"，母亲又会赶紧将乳头塞进孩子的嘴里，唯恐耽误了孩子的美食。母亲的"责骂"和"体罚"是那样的虚张声势，更多的还是透着怜爱。

有的母亲奶水充足得如泉水一般喷涌，似乎取之不尽用之不竭，一个孩子根本吃不了，乳汁由孩子的嘴角处溢出来，涂在母亲的肌肤上，也涂在母亲的衣襟上。孩子吃饱后，往往会打饱嗝，有时也会吐出来一些奶水，老家人称之为"让奶"，此时，母亲则会用手轻轻拍拍孩子的后背，抱着孩子不停晃动。母爱在举手投足间得到体现。

　　我不禁想起发生在汶川大地震期间两则关于喂奶的故事，母爱的伟大，在生死关头更得到彰显。其中一则让我心灵震撼，报道说，在废墟的抢救中，发现了母女俩，母亲侧着身子，已经没有了呼吸，可她身旁的孩子嘴里还含着妈妈的乳头，微弱的生命因此得以延续……另一则让我钦佩、肃然起敬，说的是被抢救出的一名婴儿，其父母双亡，孩子由于突然断奶而被饿得哭叫不止，这时一位参与救援的年轻女警察，毅然决然解开自己上衣的纽扣，将只有自己的亲骨肉才能享受的乳汁，分享给那名婴儿，在场的人们被这位警察妈妈的举动惊呆了，继而，现场又传来雷鸣般的掌声……

　　我也是吃着母亲的乳汁成长起来的。母亲说，我吃奶的时间很长，大约到三四岁的时候，才真正断奶，所以相对于别人家的孩子，断奶的时候显得更困难些，对母乳的依赖和眷恋更强烈些。三番五次断奶总是很难奏效，母亲迫不得已，只好在自己的乳头上涂抹辣椒粉，以为我吃到辣味会中止，几次下来，念头也就打消了。谁知我会用小手先擦去辣椒粉，然后吮吸几口吐掉，再接着吃。有时候我也会跟随母亲到田地里吃奶，趁母亲劳作休憩的间隙，吃上一阵子，因此，常常遭到众人奚落。那时还是在生产队里，集体耕种收获，靠工分分得口粮，由于我家孩子多且年龄小，父亲又教书，繁重的田间劳作全靠母亲承担。生活条件艰苦，体力劳动繁重，奶水的质量自然不高，我们常常饿得哭叫，母亲更是难过，也常常跟着我们流泪。现在看来，我们当时的哭，只是一种原始的、本能的生理反应，而母亲哪里是流泪，分明是在流血。母亲常常骄傲地说"六个儿子是我一生最大的财富"，这就是我的母亲，她是那样的朴素、平凡而又伟大。我们没有理由不孝敬她老人家，使其安享天年。母亲也很欣慰，因为我们兄弟都以实际行动来报答母亲的养育之恩。

　　然而，不肖之子也并非罕见。对那些知恩不报的人，作为母亲的也很无奈。母乳岂能用金钱来衡量？奶粉有价，母乳无价！

中秋节

  一年里能让老家人当回事的节日实在太少，除了春节还有一个非常重要的节日，那就是中秋节。

  老家人习惯把中秋节叫作"八月十五"。八月十五中秋节也像过春节一样，从形式到内容都毫不例外落实在"吃"和"走"上。吃不言而喻，走需要解释一下，即过中秋节时亲戚之间要相互走动，俗称"走亲戚"。此时走亲戚在时间上与春节有所不同。春节通常安排在年后，一般从大年初二开始至正月十五结束；中秋节则要赶在八月十五之前把亲戚走完，通常安排在八月十五的前半个月时间。

  提到中秋节，我的第一反应就是月饼。童年、少年时的中秋节，月饼是聊慰口腹之欲的物质享受，母亲蒸的月饼里虽然有青红丝、冰糖、芝麻、花生等诱人的食料，却仍然满足不了我那颗向往新奇的心。月饼是贫瘠年代的牙祭，是少年不知愁滋味的奢望。月亮、玉兔、嫦娥等在少年人的眼里是晶莹的神话，遥望星空似乎就能看见曼舞的嫦娥、捣药的玉兔、芬芳的桂花树……

156

除了吃月饼，还有一个与吃有关的话题，那就是吃小公鸡。在老家似乎有个不成文的习惯，凡是家里来了客人，都要宰杀小公鸡。我不知道八月十五为什么一定要吃鸡，只知道从记事起，这个习俗就存在了。想来可能是到了农历八月刚好是乡村秋收的季节，农家喂鸡是从春天养起，经历了整个夏天，从麦收时节的"小绒球"茁壮成长起来。由于散养可以吃到虫子之类的野食，经过大约半年时间已经长得羽翼丰满，八月十五的时候，小公鸡正值"青春发育期"，身体结实、肌肉极富弹性，肉质也是最鲜美最宜食用之时。再加上收获庄稼的喜悦，天时地利，就地取材，以这种方式庆贺节日，一直以来相沿成习，可能是老百姓的过日子之道吧，也是一种普遍认可的比较高贵的礼遇。

记得儿时母亲拿手的一道菜就是爆炒辣子鸡。辣椒也是自家园子里采摘的，满园辣椒姹紫嫣红，青红椒搭配着吃赏心悦目，看上去就会食欲大增，吃起来更是感觉鲜美无比。也许是在辣椒的刺激下，常常吃得满头冒汗。其实，不管配上什么菜，只要与小公鸡一起炖熟，都会让人垂涎三尺，鼻子尖（嗅觉灵敏）的邻居从我家厨房边经过便会惊呼"你家吃小公鸡了吧"或者"你家里来客人了吧"。

每当家里来了客人，要面子的母亲都会为此张罗大半天。那时没有菜谱，就对着盘子、碗数来数去，生怕漏了哪道菜或菜品成为单数，因为老家人有"好事成双"的说法。尽管要做上几道热菜几道凉菜，几个盘子几个碗都装得满满的，但是如果少了小公鸡那道主打菜，那顿饭对于主人和客人来说都会觉得没有面子。在那个物资匮乏的年代，绝大多数的家庭是无法天天吃到荤菜的，家里没有客人来的时候，是不会轻易宰杀公鸡的。

小公鸡虽好吃，但捕捉并不容易。捕捉公鸡通常采用集中喂食的办法，把贪食的公鸡引到屋子里或者某个区域，然后选准目标——当然是个头较大的，伺机实施抓捕，冷不防扑上去逮个正着。起初这样的招数还奏效，经历过几次以后，小公鸡似乎也变得有反捕捉能力了，根本不让主人靠近，所以只好采取猎杀。通常是用一只大约胳臂般粗细尺把长的棍子，用力砸过去，这当然要讲究技巧，弄不好就会伤害其他小鸡。如果这样还是抓捕不到，干脆来个人与鸡赛跑。年少气盛的我曾经多次充当这样的"运动员"。公鸡在前面跑我就在后面穷追不舍，初始真的很难跟上公鸡，因为它不但会奔跑而且会飞，遇见障碍物就将翅膀张开，腾空而起离开地面飞越过去，可我依然要靠两条腿，当时想如果自己也能飞起来该有多好呀，也来个空中捉小鸡。然而，经过一阵追逐，公鸡自然还是会败下阵来，再也飞不起来了，只剩下在地上奔跑了，我也累得气喘吁吁，双腿发软，再跑一会儿公鸡也累得没有气力了，瘫软在那里束"脚"就擒。如果遇上负隅顽抗的公鸡，那就要轮番上阵，几个人同时围追堵截，手里再拿根棍子，时不时地挥舞着向公鸡打去，即使打不到也会起到震慑作用。最终，公鸡还是被擒获，跟人一样喘着粗气，豆粒般金黄色的眼睛一眨一眨的，似乎是在抗议又似乎是在蔑视，在它看来这样的"游戏规则"不公平，几个人跟一只小小的鸡斗，胜利了也算不上英雄。

春节和中秋节是走亲访友互相往来的两个重要节日，通常是一来一往，即春节你去他家，中秋节就是他去你家，反之，一样，长此以往基本形成固定模式。一年一度，礼数上基本没有差异。中秋节月饼是主角，也是为了突出主题；春节就不尽相同了，花样繁多，糕点烟酒糖鸡鱼肉蛋都可以。俗话说"朋友是喝出来的，亲戚是走出来的"，双方在一起主要是叙叙家长里短、儿女情长，物质上倒是次要的。如果说两个节都互不往来，用老家人的话说这门亲戚就是断了来往，也就没有亲情味了。

人们常说中秋之夜赏月时，但对老家人来说似乎没有这一习惯，究其主要原因是老家人没有像文人墨客那样具有闲情逸趣，再者就是中秋正值农忙时节，秋收秋种，一刻耽误不得。儿时，我一次次目睹全家人在月光下忙着收获玉米的情景，玉米可是农人一年中最重要的收成。在物资匮乏的年代，与其说在中秋之夜吃月饼不如说是品尝一下月饼更恰当，那时亲戚也都走完了，经过"旅行"后回归的月饼才可以全家人分享，年长者自然要照顾年幼者。吃完月饼，全家人便开始围在一起剥玉米棒子皮，大家有说有笑，尽享天伦之乐，滚圆的玉米棒子很快便堆成小山，在月光下闪闪发光，空气中也弥漫着玉米的甜味。月亮越升越高，农人忙碌的背影也被拉得越来越长，仿佛是在放飞自己。夜空如洗，皎洁的月光洒向大地，万物都被笼罩着，仿佛披上了一层朦胧的纱衣。天上人间，在那一刻似乎难以分辨清楚。小孩子们已经早早进入甜美的梦乡，手里还拿着没有舍得吃完的月饼，梦里也许在和玉兔一起玩耍呢。

后来我离开家人，走进军营，由于战友都是年轻人，在一起很开心，并没有把"团圆"二字挂在心上，只是感觉到异乡的月光有些冷。"海上生明月，天涯共此时"，随着年龄的增长，我逐渐体悟"露从今夜白，月是故乡明"的内涵。想想看，人生即使长命百岁，能见证花好月圆的次数也总是有限的。也许正因为"人有悲欢离合，月有阴晴圆缺"，生活才变得多姿多彩起来，所以不必再惆怅人生苦短了。

如今的中秋节在城市里是越来越变味了，已经成为极尽现实的节日。但愿老家的八月十五中秋节还是古风犹存，依然能够让人感受到悠长的亲情暖意。

打招呼

　　人与人之间交往、沟通最直接、最简单、最基本的形式就是打招呼，它是联络感情的手段、沟通心灵的方式和增进友谊的纽带。所以，绝对不能轻视打招呼。要想有效地打招呼，首先应该要积极主动。老家人的打招呼就是这样而且颇具特色。

　　儿时，老家人见面打招呼大都与吃有关系。早饭或午饭前后见面就问"吃了吗？"或"吃罢了吗？"然后再说别的话题。晚饭前后见面则问"喝了吗？"或"喝汤了吗？"老家人喜欢吃饭时蹲在大门口，尤其是大冬天的中午，在室外晒暖往往比室内还暖和，一只手端着饭碗，一只手拿着馒头，蹲在那里吃开了。这时见到熟人就会大声招呼："吃点吧！吃点再走。"说着还把手里的碗往上举举，以示热情和真诚。被招呼者也会热情回应："不啦！不啦！"在春节拜年的时候，见到老年人大多会问："您老人家饭量咋样？""您老人家吃了多少扁食？"

　　说到吃的话题，我想起一个笑话。当年本村的燕子（女孩的名字）找了一个对象，在上门相亲的时候，也许是感觉很满意，燕子家便把小

160

伙子留下来吃午饭。其间，小伙子到燕子家附近的公厕方便，谁知刚方便完走出厕所便迎面遇上燕子的爹。小伙子于是热情打招呼："大爷，吃了吗？"燕子的爹随口答应："还没吃呢！"可燕子的爹事后一想：这不妥呀，这什么地方也说这样的话，便认为小伙子缺心眼，亲事自然也就"黄"了。

即使不在吃饭的时间，见面了还是要打招呼的，当然不能再问"吃了吗？"之类的话。通常会说："干啥去？"或"下地呀！"或"干活去？"如果逢集就会说："赶集去？"如果看到对方带着东西，还会说："赶集回来了？"或"买这么多东西！"或"卖东西去了？"总之见面是要打声招呼的。最简单的点点头或者微笑一下，也算是打招呼了。如果见面不打招呼，在老家人看来就是两人（家）有矛盾，用一个词来形容——不搭腔。上了年纪的妇女，尤其是很长时间没有见面了，就会手拉着手，显示出很亲昵的样子，除了相互嘘寒问暖，还会把家长里短问个遍。

关于吸烟的招呼也有很多，特别是在路上遇见时，其中有一人往往会先开口说"吸袋烟吧！"那时的老头们都爱用烟袋锅抽烟，长长的一根竹竿，一头有个烟嘴，一头就是盛放烟叶的烟锅，中间还系着一个小口袋，里面储备着碎烟叶。到了香烟流行的时候，熟识的人相见，第一件事似乎就是先掏香烟，对方也会赶紧说："吸我的、吸我的。"为此有时还会推让一番，以表达诚意。再讲究一点的还会为对方点上火，说上三言两语再各奔东西。有的人根本不会吸烟，腰里也根本没有烟，但是见到熟人也会很热情地招呼人家"吸支烟再走吧！"

农村实行家庭联产承包责任制以后，日子比在大集体的时候要好很多，逐渐能够吃上白面馒头了，家里条件好些的，还可以偶尔吃点荤菜，改善一下伙食。这时人们见面打招呼往往会说："又吃啥好的啦？""今天做了啥好吃的？""吃饱了？"说到这里，我想起当时很流行的一个故事。有一家人的男主人好显摆且游手好闲，为了证明其家里的生活条件好，便将一块晒干的猪皮挂在门旁，每天吃完饭，便用猪皮擦擦嘴，嘴上立马油光发亮，于是走出家门四处闲逛，每当有人问他吃了啥好东西的时候，他都会指指自己的嘴巴，笑而不答。有一天见该男主人在气喘吁吁地追赶一只猫，原来是猫将他擦嘴的猪皮叼走了。

改革开放以后，农村的生活条件不断改善，农人也渐渐有了零花钱。这时如果熟人在集市上见面，就会相互问候："要钱不？花钱不？"或者说"给你几个零花钱吧？"说着就会将手伸进怀里，伸了一会儿还没有拿出来的动向，直到对方说"不要、不要"或"有钱、有钱"时，才将手从怀里拿出来。双方此时腰包里到底有没有钱，也许只有当事人自己知道。身上没有钱也很正常，因为老家的集市太多，每隔一两天就有一个集市，有相当一部分人是闲逛看热闹的，根本没有买卖。

随着打工潮的涌现，老家的大部分青壮年劳动力纷纷外出打工，天南地北，漂泊闯荡，每逢过年，大家便又赶回来与亲人团聚，这时大家见面的招呼语也变了。"在哪里打工？""今年咋样？挣了多少钱？""月工资多少？""腰里落了几个钱？""还出去打工吗？""那地方钱好挣吗？""在外面混得咋样？"……变成了诸如此类的话。对方也都会一一回应，有虚有实，真真假假也许只有当事人自己知道。记得那年本村的四化外出打工，也许是被人骗了，回家过年的时候腰包瘪瘪的，但又觉得面子上过不去，打肿脸也要充胖子，于是在集市上买了两大包土豆，拎在手里沉甸甸的，故意在村口的马路上歇息，左邻右舍看到他吃力的样子，还围上去帮助他提包裹，都认为是发了大财。

近年来，打招呼的见面语又发生了变化。特别是春节期间，外出务工人员纷纷回家。"谈男（或女）朋友了吗？""什么时候结婚？""一年赚了多少钱？""工作怎么样呀？""不打算再考研了吗？""不认识我了吗？小时候还抱过你呢！""看上去越来越年轻了！""打算在城里买房子吗？""啥时候要孩子？""还准备要二孩？"……不一而足。

时代在变，打招呼的内容也随之改变，关键是人与人之间的距离、诚意和热情不能变。

相亲

　　相亲相对于自由恋爱者来说显得有些土气，缺少应有的浪漫，但是，其含蓄传统的色彩却也别有一番风情。农村的小伙子到了当婚的年龄，家长就开始托媒婆说亲。媒婆手里有大量的信息，既有当婚的又有当嫁的，媒婆掂量着双方的条件相当，便登门牵线搭桥，极力相互美言。在男方家说女方好，大多是闺女长得俊俏手巧之类的话；在女方家说男方好，大多是家里有三间混砖到顶的大瓦屋，还带有配房，日子过得很殷实，小伙长得很精神。

　　双方有了意向之后，便约定相亲的时间，或利用赶集，或利用走亲戚、串朋友，或利用看电影、看大戏等。通常是媒婆带着小伙子，嫂子带着姑娘，到约定地点去见面，表现出很神秘的样子。男方常常处于被动，先让女方相。等初次见面双方都相对满意后，便开始展开更深入的了解。男方从媒婆口中得知，女方要到家里相亲，主要任务是看家庭条件，心里也就有了底；于是在相亲的前几天，便开始充分准备，家里家外的卫生打扫干净，条件不好的人家，还要借粮食、自行车、缝纫机、被褥、水壶、茶具等，到后来还要借电视机，哪怕是黑白的也很添彩。在我的记忆里，我家的"永久牌"自行车和"凤凰牌"缝纫机不知被外人借过多少次，甚至还借给过邻居家一些合体的相对上档次的衣服。现在看来真是有些帮助别人骗人的感觉，似乎缺乏诚信，可那时人们却觉得没有什么不好意思的，因为在一切都匮乏的年代，为了能成个家，这也是不得已而为之。

准备好这些事之后，男方家就等着女方家上门考察。

女方家也很慎重，往往由母亲或嫂子带队，还没到男方家里，就开始向田间地头的人悄悄打听男方的家境、为人等情况。被访者往往拣好的说，但也有个别人恰巧与男方家有嫌隙，便不怀好意，只说一些不是，有意搅黄亲事。

女方到男方家后，村里好事者便去凑热闹，大多站在大门口向屋里张望，也有大胆泼辣的妇女进屋与相亲者打招呼，寒暄几句后拿几块糖转身离开，出门后和围观者议论一番，褒贬不一。男方家还要准备一顿丰盛的午餐，如果女方满意通常会留下来吃饭，否则，浪费再多的口舌也挽留不住。想说成媒要两头瞒，有些媒人为了撮合男女婚姻，干脆把人约到自己家中，这样做有很多好处：一是减少村民评头论足；二是能隐藏男方家的某些不足；三是男女双方与媒人相对熟悉些，到媒人家里自然会少些拘束；四是媒人多少能从中得到男女家庭带去的礼物。男女青年到媒人家里后，媒人先是谈些无关紧要的话，使双方接上话茬后，便以还要忙其他事为由告辞，让两人单独交流。媒人给他们提供这么幽静的会谈条件，男女青年自然是畅所欲言，打探各自的文化、爱好、家庭状况、恋爱史等。话题有很多，比如，"听说你们村里开了磨面坊，能生产'八五'面？""什么叫'八五'面？"等问题。

在集市或电影场相亲就简单多了，男女双方是以赶集或看电影听戏为由头，实质上是来看人的。街上的人熙熙攘攘，媒人穿梭似的让男女双方相见。有的当场相中，就拉到小餐馆吃顿饭，确定下一步的议程，有的没看中就编个理由匆匆离去。

也有女方碍面子，甚至是摆架子，让男方到女方家相亲的。这时男方就把自家的或借来的新自行车擦得锃亮，甚至把借来的衣服、皮鞋穿上。俗话说"人靠衣装马靠鞍"，小伙子经过包装后，面貌焕然一新，骑上自行车带着媒婆驶向女方家里。路上媒婆一个劲地交代到时应该怎么说、怎么做，尽管如此，还是有个别小伙子由于紧张或其他原因到女方家里出了洋相。我表叔的儿子大黑就在相亲的时候闹出了笑话。大黑到女方家相亲，自然吸引了不少人前去围观，其中女方的婶子快人快语，大黑与其多交流了几句，为表示热情懂事，大黑便掏出香烟，对方推辞不下，只好接过香烟象征性吸了几口。谁知大黑聊了几句后，又递上香烟，对方连忙推辞，大黑便风趣地说："吸支吧，撑不着。"谁知原本想增添谈话气氛的幽默话，由于表达不适时，结果适得其反。大黑落了个少心眼的名声，亲事自然也就"黄"了。

在九年义务教育还没有普及的时候，能上完初中就很不错了，如果再上完高中，就算得上是知识分子、文化人。当时从外观上看一个人是否有文化最明显的标志就是在中山装的上衣口袋里插着一支钢笔。我父亲的钢笔经常被人借用，或者干脆借去不再归还，理由是弄丢了。这样做主要还是为了再次相亲时派上用场，父亲理解他们的做法，只好忍痛割爱。

还有的小伙子屁股后面挂一串钥匙，其实真正能用的并没有几个。挂钥匙的主要目的是显示自己有实权，掌管着很多财物，最低也是个生产队仓库保管员。在小伙子看来，这也许算得上是个优越条件，能比别人略胜一筹。

红白喜事（一）

红白喜事是老家的俗称，是婚丧嫁娶的代名词。

秋收冬藏。一入冬天，即有长长的农闲，忙碌了一年的老家人才得以清闲，一些人家，当然也会趁着农闲做大事。大事无疑是子女的婚事，已定下亲的就要选择良辰吉日把婚事办了，到了婚配年龄还没有定亲的，就张罗着请媒人为儿女提亲。媒人这时最吃香，吃了东家吃西家，尤其是男方家庭，更是热情款待，就连平时生活节俭的人家，这时也显得很大方。

红白喜事都要大操大办，在办理的整个过程中都离不开管事的人，他是一个很关键的人物，大家称之为"大老执"。一个"大"字一个"老"字就充分说明了此人的资历与威望非同一般，不是随便什么人都可以担当的。大老执不是专业的，只是一个临时的职务，谁家有事就把他请去，操持完整件事情又回到自己家中，在操持事务期间忙得不可开交，几乎住在事主家里。用通俗的话说大老执就是事务总指挥，既能运筹帷幄又能声色俱厉，不停地吆喝着、指挥着，嗓门很大，人们对他的话可谓言听计从，不会去计较更不能顶撞，拥有绝对的话语权，就连事主都要听从他的安排。正是在大老执的协调指挥下，整个过程才能有条不紊地开展，直至最后圆满结束。

"婚丧嫁娶"四个字，其中三个与结婚有关系。如何使两个原本素不相识的青年男女结合在一起，那就离不开一个关键人物——媒人，现在通俗的称呼叫"红娘"。

媒人存在于乡村不知有多少年了，估计从媒妁之言的年代就有了。谁家里有媒人光顾，那一定是有需要婚配的子女，所以要打酒买肉，好吃好喝地款待媒人。至于男女双方能否有缘牵手还需另说，但先对媒人酒足饭饱的招待是必不可少的。当然，大媒告成之日，男方家女方家皆大欢喜，这时至少男方家会正儿八经地大摆一场"媒人席"用来酬谢媒人的牵线搭桥和多次的奔波。

如今的年轻人纷纷外出务工，很多都在外面自由恋爱了，媒人也几乎淡出乡间，职业媒人更是失业了。两情相悦的男女甚至连找个媒人说合一番走走形式也免了。然而，令人不可思议的是，在媒妁之言的那个年代，家庭婚姻关系可谓稳固，而媒人退场情爱至上的当下，离婚散伙随便到如同脱掉一件衣裳那样简单。

结婚之前，大多都有一定的程序。比如媒人的说合，上门相亲，送定亲礼，商定日子，新娘家准备嫁妆，新郎家布置新房……这一番事情完成后，婚礼即会在一个吉日中来临。

婚礼前几天，双方家庭都忙得不亦乐乎。新娘家要忙着油漆嫁妆，刷成女儿红颜色，还要添置一些生活用品，比如水瓶、痰盂、茶杯等。当天的酒席饭菜也必不可少，主要用来招待自己家的亲戚邻居。

新郎家的准备则要隆重得多，大多要杀鸡鸭宰猪羊甚至宰牛，主要是置办酒席，还要忙着通知亲戚朋友，布置新房。结婚当天双方家庭都要张贴对联，对联的内容大致相同，多是喜庆吉利的祝福话。不同的是，新娘家张贴"鸿禧"，新郎家张贴"囍"，这一微妙的区别，是我后来才发现并感悟到其内涵的。

结婚当天，新郎家组织的娶亲队伍会在锣鼓喧天声中浩浩荡荡出发，有的是自行车队，有的是拖拉机队，现在改成了汽车队。走在队伍前面的人还要举起几面鲜艳的红旗，俗称"打旗子"，大多是十余岁的小男孩。为了彰显喜庆，还要请来喇叭班子，一路上吹吹打打，抬着礼物，以《百鸟朝凤》为主题曲，喜乐的唢呐声弥漫在广袤的蓝天下，一路上鞭炮放个不停，好不热闹。还要有几位妙龄女孩跟着迎娶新娘，新郎则留在自己家中忙活，不像城市里，新郎要跟着上门迎亲。

到了新娘家里一般不吃酒席，只是抽烟喝茶，过上一两个钟头，即抬着或拉着新娘子准备的嫁妆返回。不论穷富，嫁妆都是要有的，只是多少而已。嫁妆通常有衣橱、铺盖、梳妆台、柜子、八仙桌、椅子等生活用品。陪嫁的衣物花花绿绿，有大红、粉红、葱绿、水蓝等颜色；图案也透着吉祥如意，有鸳鸯戏水、喜鹊闹梅、富贵牡丹、喜庆有余等。到了20世纪70年代末80年代初，除了嫁妆又开始流行三大件，分别是自行车、手表、缝纫机；到80年代末90年代初，除了嫁妆又开始流行新三大件，分别是自行车、电视机、洗衣机；再后来又流行摩托车、电冰箱、洗衣机等。

本来大喜的日子，准新娘却要用落泪的方式和生养过她的土地告别，和生活了二十余年的村庄告别，和这个家告别，和父母族人告别，和青春告别，和自己告别，饱含着不忍与不舍，但又不好违背女大当嫁的自然规律，同时又期盼着新生活的开始，自己要成家立业生儿育女过日子了，因此左右为难，可谓喜忧参半。准新娘在唢呐声中从娘家走向婆家，从姑娘走向媳妇，勤俭持家，创造着财富，改变着自己，开始了新的家庭生活。因此，泪水是伤心的也是喜悦的。

举行婚礼的那一刻才算得上是结婚的高潮。中午时分，阳光明媚，一群人吹吹打打，将穿着红衣服埋着头的新娘子请进新郎的家。村口早早就聚集了很多看热闹的人，新娘子的长相大多成了大家议论的话题，调皮的男孩子则紧跟着新娘子，不停开玩笑。那年，我们几个小家伙就因为玩闹，引得众围观者大笑，新娘子则哭笑不得。按辈分，新娘子要称呼我们为"叔公"，听老年人这么一说，我们便不好意思地溜到了一边，因为老家有规矩，长辈不能跟晚辈开太过分的玩笑。

当新娘子进了院子，人们便将新郎与新娘子推搡到堂屋门前，双方并排站着，等待着婚礼的到来。主持人大声宣布："结婚典礼现在开始，鸣炮奏乐！"话音刚落，鞭炮声骤然响起。通常为一拜天地，二拜父母，三是夫妻对拜。人山人海中，不时有人来几个小插曲，引得围观者一阵哄笑。这时候，新郎激动得满脸通红，新娘害羞得也是如此。主持人宣布婚礼结束的话音刚刚落地，就有人向空中抛撒喜糖和花生，围观的人们便争先恐后地抢起来，新媳妇在伴娘的掩护下趁机躲进屋内休息。接下来，客人开始入席吃饭。

吃大席既热闹又壮观。这里的"大"有两层意思：一是桌子比一般的案板要大，通常十人一桌围坐一起；二是人数众多，少说百人以上，有时二三百人，桌子摆满了偌大的院子，甚至要借用邻居家的院子。因为结婚是家里乃至家族的大事，亲朋好友都要前去道喜或帮忙，因此吃饭的人多。"吃大席"除了庆贺、解馋外还有沟通功能，平时有隔阂甚至有矛盾的亲朋邻里，一般都会借此机会和解。从这个角度讲，"吃大席"在邻里沟通、展现民风民俗等方面有很积极正面的意义。

晚上，还要闹洞房、找个小男孩滚床。左邻右舍的嫂子们主动为新人铺床，有的人家还要在被子和枕头里放上花生、红枣之类的东西，寓意是祝愿新人早生、多生贵子。

等待闹房的人都散去，新人便关紧房门休息。此时一些半大不小的男孩子开始悄然登场了，他们结伴而至婚房的窗口下听洞房，听新郎和新媳妇说悄悄话……赶上寒冷的冬季，冻得人直哆嗦，缩着脖子弯曲着身子侧耳细听，其实更多的时候听了半晌也没有听出个所以然，大半夜的只好黯然回家。

红白喜事（二）

　　结婚如果算是大喜，那么生孩子又何尝不是呢？那是婚姻的延续，是人类得以繁衍生息的方式。十月怀胎，一朝分娩，新生儿为其父母和家人带来欣喜和希望。老家人对生孩子往往有"大喜"和"小喜"之说，生男孩为大喜，生女孩为小喜，随着人们思想观念不断更新和社会保障的加强，生男生女都一样了，这一叫法也在逐渐改变。怀孕叫"有喜"，生孩子叫"得喜"，把消息告诉亲朋好友叫"报喜"，就连送人的鸡蛋也叫"喜蛋"，总之是喜字当头。

　　所谓报喜，就是婴儿出生后将喜讯及时告诉婴儿的姥姥等亲戚家。报喜仅限于生育头胎的婴儿，时间通常在男婴出生6天、女婴出生4天的时候，派专人去报喜。报喜者往往是青年人，一般是婴儿的叔叔或家族近亲，大都长得比较体面，说话举止大方得体。报喜者骑上自行车，身上背着用红包袱皮（红布）包裹着的梳匣（长方形的小木盒子，约40厘米长、30厘米宽、20厘米高，上面有一个盖子，闭合起来用折页扣上，装上一把小锁，平时主要用来盛放女人的梳妆品）精神抖擞地朝着目的

172

地出发，俨然情报员。梳匣内装着十只被染成鲜红色的熟鸡蛋，另外还要装有一本书或是一朵花儿。若放的是书本，说明是男婴；若放的是花儿，则是女婴。

不论谁家生了孩子，红喜蛋都是不可或缺的，尤其是新婚夫妇生了孩子之后，首先要染上一些红鸡蛋，去自己的亲戚家报喜，左邻右舍的主妇们闻讯都会主动送上二三十个甚至更多的鸡蛋以示祝贺。过几天，生孩子的事主家便开始摆大席，宴请亲戚和送过鸡蛋的邻居们。这时候，事主家要安排专人负责煮上一大锅鸡蛋，然后把煮熟的鸡蛋捞出来放进一盆红颜色的水中浸泡，等着色后拿出来晾干，就成了红喜蛋。等客人们吃完饭走的时候，每家送四个红喜蛋。鸡蛋在中国古代文化中是生育与生命的象征，红喜蛋则象征着火红的幸福生活以及美好祝福，分食红喜蛋的习俗寄寓着人们对生命、生育的敬畏与崇尚之情。

老家人称男婴为"小"，发音的声调却变成了二声；称女婴为"妮"，发音的声调却变成了三声。

等报喜者到达亲戚家后，立刻会围拢上一群女人们，大家带着好奇的心情和目光询问："是小还是妮？"当得知是男婴时，有人就会感慨"咦！可了不得啦！"这个"咦"字类似今天的"哇塞"。更有人啧啧称赞："人家的命咋恁好呢！"就这样，大家七嘴八舌议论一番方才各自散去，从她们的话语中分明流露出重男轻女的思想。

报喜除了报送喜讯，同时还要告知对方送粥米的日期。送粥米就是现在吃喜面通用的说法。送粥米的时间一般选择在男婴出生后的 10 天，女婴出生后的 9 天，如遇上农历初一或十五，则提前或推迟一天。

送粥米是非常隆重的一件事，尤其是孩子的姥姥家，要准备很多物品。比如新鲜的鸡蛋至少要一百个、红糖至少要四包（斤），还有数斤小米和数十只焦饼（与烙馍相似，只是更厚些更坚硬些，上面撒上一些芝麻，吃到嘴里焦酥香甜）等食物，还有婴儿的大襟棉袄、连脚蹬棉裤、衬衣、衬裤、虎头鞋、虎头帽、风衣等衣服以及一些玩具。食物大都会选择用筷子盛放，通常要用三四个筷子才能够盛下，每个筷子的最上面都要用红色的包袱皮（红布）盖着，以示喜庆。这些物品有的用平板车拉过去，有的则请人用提盒抬着过去，队伍很壮观，也是彰显产妇娘家的重视程度和经济实力的时候，所以大老远就能辨认出那是姥姥家的队伍。

事主家里更是热闹非凡，老早就开始准备宴席的食材。满院子满屋子里都是人，大家喜笑颜开，等到中午宴席开始的时候更是热闹非凡，菜香味弥漫着整个院子，大家有吃有喝，欢声笑语、觥筹交错中分享着一个新生命带给人间的圆满与喜悦。

孕妇生产后，都要坐月子。坐月子是仪式更是过程。对产妇来说，是相当难熬的一个月，除了照顾好自己及孩子，其他事情都不能做。更要命的是月子里不能受凉，所以基本不洗头，夏天也不吹风扇，一天到晚待在屋子里，是何等的无聊和无奈。

坐月子的关键，并不是要始终在床上躺着或坐着，而是要补充营养。对农村人来说，主要以吃鸡蛋、喝红糖茶为主，当然还要搭配面条之类的碳水化合物。煮鸡蛋吃厌了就做荷包蛋，不是放糖就是放盐，即使搭配着吃，时间长了也就吃腻了。一天大约能吃十几个鸡蛋吧，现在看来这是极不科学的，营养根本无法吸收，吃多了也是浪费，甚至会对身体造成危害。

红白喜事（三）

　　生老病死是一种自然规律，任何人都无法阻挡。

　　丧事又称"白事"，冬天是高发期。老人如同秋天树上的叶子，禁不起风吹雨打，一动就落。我的奶奶就是在一场大雪中与世长辞的。

　　虽然是丧事但也有喜和忧之分。一般说来，年长者去世被称为喜丧，反之，则是忧丧。我倒是不赞成这一说法，丧事哪里还有喜忧之分呢？只要是亲人去世，无论年龄大小，都会让人感到万般不舍和极度悲伤。

　　办丧事的人家往往要请戏班子，大操大办一场，尤其是老年人过世。对于一个在黄土地上辛劳一生，最后又回归黄土的农人来说，这时候兴许是一生中最辉煌的释放。虽说是白事，还带着亲人离世的悲伤，仍要把事情办得如一场庆典，让外人看来是如此的隆重。戏班子由三五个人组成，每个成员似乎都有绝活：有的能唱戏曲、歌曲；有的能吹奏，如唢呐、芦笙等；有的能敲打，如铜锣、鼓、梆子等，他们各司其职，配合默契。可别小瞧了这小小的唢呐，真可谓曲儿小腔儿大。唢呐手摇头晃脑，使劲地吹，拼命地吹，直吹得流出了鼻涕，淌出了眼泪，暴涨了血管里那一股股殷红的血液，掀起一片滚涌如潮般的大悲大恸，弥漫在天地间，震撼在人心里。唢呐声里有泣声有哀声，锣鼓声中有重击有轻击，鼓点在唢呐声里跳跃，唢呐声在鼓点中交织，汇成一曲惊天动地的悲壮，撕肝裂肺的恸哭。情到此处，日月动容，旁观者也会潸然泪下。真正吹奏出一场人生的悲喜大戏。

在农村实行殡葬改革之前，都是将尸体埋葬。实行火葬后的最初几年，大多数人打心里不能接受这一新事物，家里老人去世后，不敢声张，不敢哭叫，偷偷埋掉，实在感觉憋屈，也实在委屈了辛苦一辈子的老人。这看似绝情，但在刚刚推行新举措的初期，也是不得已而为之。如果不采取强硬措施，这一改革恐怕就不会顺利进行，甚至会以失败告终。好在人们很快就适应了殡葬改革，丧事又可以大张旗鼓地办了。

老人去世后，一个负责办丧事的组织——报丧小组悄然形成，他们的分工很细化而且都具体落实到个人。报丧小组首先要将这一噩耗通知死者所有的亲戚，主要内容是出殡的时间。为了尽快将消息发布出去，常常要兵分几路人马去通知。孝衣筹备小组开始根据事主的亲戚多少张罗着买白布制作孝衣等；后勤保障组队伍最庞大，有的负责记账，有的负责采购主副食品，有的负责请戏班子，有的负责搭设锅灶，有的负责借餐具等。事主只须出钱，所有事情全由他人搞定。那几天，事主很少有参与权和表决权。其间，陆陆续续有闻讯赶来的人吊唁，老人的子孙则要迎上前去向吊唁者磕头致谢。

出殡当天，来吊唁的人排起长队。一些重要的亲戚除了要交纳礼金，还要置办一桌供品，两人用案板抬着，上面通常有猪头、整鸡、整鱼、馒头等。还有的置办糖供，全是用糖做成的各种造型的图案，如寿桃、糖人等，看上去很大，实则薄薄的一层，不小心就会弄破。供品放在灵棚前展示一会儿便撤下来，糖供往往要遭到小孩子的哄抢。如果哪家亲戚置办的供品个头大些，就会得到围观者的称赞。

　　吊唁仪式正式开始后，在大老执的安排下，按照亲戚关系的远近，女人们、男人们自然分组，轮番进行祭拜。行礼的过程变成一种仪式的表演，灵棚的前面也围满了看热闹的人。首先出场的是至亲，男人们个个头戴白孝帽，有的还身穿白孝衣，自然排起队伍磕头行礼，有二十四拜礼或三十六拜礼，年长者站在队伍的最前排，那架势有板有眼，表情严肃，动作缓慢，后面的人跟着模仿。俗话说"三十六拜还要加上一哆嗦"。这样才算完整。整个动作完成要一二十分钟，是出殡时的一大看点。

　　妇女吊唁大多弄虚作假，每人发一条白手帕，好似舞台道具。在众多的吊唁人群中，只有至亲哭得很伤心，其余大多数都是捧场、凑热闹，用手帕掩住半边脸，随着队伍哭起来，一路奔向灵棚，用哭腔喊着各自的称呼："俺的××呀，咋没说一声就走啦……"台词大致相同。与其说是哭，不如说是唱，拖着长腔，既像喊魂又像唱戏，有"拉魂腔"的感觉，绝大多数人是干"打雷"不"下雨"。

　　农村现在出现了"哭托"，有人专门靠这一行当吃饭，似乎成了职业。他们根据请哭人出的价格高低去哭，有蜻蜓点水型，有天昏地暗型等，总之，给的钱越多，哭得越伤心，越催人泪下，感人肺腑，大有惊天地、泣鬼神之势。所有在场的人都会被那声情并茂的哭腔表演所感染，死者的家人更是触景伤情，悲痛不已。

　　吃丧席也是一大景观。丧席虽比不上婚宴丰盛，但往往也要摆上十几个盘子、碗，有荤有素，凡参加吊唁者都要吃上一顿，非亲非故的也往往跟着吃上一顿，解解馋。记得我奶奶出殡那天，摆了一百余桌席。据我观察，三分之二的本村人都加入吃的队伍中，尤其是上了年纪的妇女和年幼的孩子，似乎成了全村大聚餐。这时发现了也不好说什么，人家是来捧场的，理应招待。

　　活着时好好对待亲人，自然心安理得，死了也就不必为了面子大操大办。现在无论场面多么隆重，也掩盖不了来也匆匆去也匆匆的奔丧者的情感，他们不再为死者的离去而悲伤，面无惭色、谈笑如常，仿佛例行公事、走过场。人与人之间朴素的浓浓温情哪里去了呢？

婚礼的变迁

"五一"前夕，农村老家的哥哥打来电话说，在广州就业的侄子"五一"期间要回老家举行婚礼，新媳妇是他的同事。我听后很惊异，怎么说结婚就结婚了，既没有物质准备也没有思想准备呀？哥哥说，如今农村青年男女结婚比过去简单多了，尤其是在外面务工的小伙子回老家结婚，婚房也不需要准备，只是举行个婚礼后又匆匆回到工作岗位上。酒席都是完全外包，只要定好每桌标准，几道凉菜、几道热菜，人家会列出菜单，双方都满意了即可。有专业厨师带着餐具炊具上门服务，事主根本不需要忙活，只等着婚礼当天入席即可。只举行一个婚礼仪式，旨在告诉亲朋好友已经成家了，婚房、彩礼都免了，省下了不少钱……

曾几何时，在农村老家举行婚礼是非常隆重的事情，需要准备很长时间。且不说婚房，单就准备婚宴，也要准备十天半个月的时间。要买回来活的鸡、鱼、猪、羊，甚至是老牛，还有很多蔬菜。按照厨师开出的购物清单逐一购买，为了采购齐全物品，往往要赶上几个集市，甚至要跑到县城采购。前两三天就要开始宰杀、备菜，该煮熟的肉类，都要提前煮出来，这也是为什么老家人举办婚礼大多选择在冬季的一个很重要的原因。还要专门搭设锅灶，众乡亲齐上阵，当天一大早还要挨家挨户借用就餐桌椅，里里外外几十人都不得消停，忙得不亦乐乎。

婚礼那天我带上父母驱车赶回老家，沿途已经感受到新的变化，道路越来越宽阔了，县城与乡镇之间、乡镇与村庄之间全部是柏油或水泥路面。莫要说县乡公路，就是村村公路双向会车也非常容易，甚至不用减速。还有一条高速公路从距离老家不足10公里的地方穿越而过。想起早几年，不但道路崎岖而且遇到会车就要格外小心，稍有不慎就可能出现事故。公路上的电动自行车、老年电动代步车川流不息，有两轮也有三轮的，还有四轮封闭式的，刮风下雨都不会影响出行。据说这样的车子每辆要在万元左右，而过去都是自行车、脚蹬三轮车，几百元就可以买一辆质量很好的车子。

进入村庄，我感到既熟悉又陌生。熟悉的是，那里曾经是我生活了十八年的地方，那里有我的胞衣；陌生的是变化太大了，低矮的小瓦房大多变成了二层小楼房，窗明几净，院落宽敞，院墙高高，打开红红的大铁门，汽车可以直接开到院子里停放。院里院外的道路都是水泥地，再也不怕遇上雨雪天气走泥泞路了。

侄子的婚礼用车更是出乎我的意料，共计六辆高档轿车，除了宝马奔驰，还有凯迪拉克等名牌车。新娘子也身穿婚纱。曾几何时，老家举行婚礼要进行很多程序，比如除了拜天地、拜父母以及夫妻对拜之外，还要给重要的亲戚逐一跪拜，这样一场婚礼下来要把一对新人累得苦不堪言。更加"倒霉"的是，新郎的父母还要被恶搞，有的被在脸上抹锅灰或者墨汁，头上还要戴一顶特意制作的尖帽子，跟过去批斗地主似的，那种滑稽的场景看上去让人忍俊不禁。如今这些都没有了。侄子的结婚典礼既融合了城市婚礼的部分项目，又兼顾了农村的部分传统习俗。

参加婚礼的重头戏其实就是吃，老家人习惯将婚宴称之为"吃大席"。说到酒席，我不由自主想起那道主打菜——大块肉，四四方方的，老家人俗称"方子肉"，我想也许是因其形状而得名吧。肉大部分是肥的，早年的酒席上，乡村厨师对这道菜的烧法有讲究：切成大块，先用盐腌制一下，然后下锅煮熟或者上蒸笼蒸熟，摆放在大海碗里，皮在上面，肉在下面，几乎不放酱油，白塌塌一片。三十多年前，老家人的肚子里像久旱皲裂的稻田，很需要油的滋润。这样的一大海碗猪肉通常是作为压轴菜，刚端上桌，客人们的筷子便蜂拥而至，吃在嘴里油会从唇边溢出。更有嗜肥肉者，一块两块三四块，大快朵颐的样子，令旁观者羡慕不已。一大碗肉很快被一扫而光。整个大席几乎是风卷残云，端上来的菜很快被消灭干净，如果上菜的速度稍微慢了些，就会出现冷场的局面，就餐者尤其是孩子就会急得吼叫"快点上菜"，甚至用筷子开始敲打起盘子来。有经验的大人，在酒席开桌前会叮嘱小孩子："慢点吃，等会儿有方子肉……"可见其在乡人们心目中的分量。

这次回老家参加侄子的婚礼，又吃到一场久违的农村大席，场面虽然与二十多年前一样的壮观，但已经物是人非。餐桌也变成了款式统一的圆桌，十人围坐也不觉得拥挤，上面还装有转盘、桌布，每人一套包装完好的简洁餐具。餐桌上的菜肴也发生了很大的变化，酒席刚开始先端上来的是蛋糕、水果、瓜子、糖等，等到十几道凉菜过后，酒过三巡，便是基围虾、鱿鱼、鲈鱼等海鲜，更有"霸王别姬"（老母鸡与甲鱼一起炖制）、红烧肘子等大菜；红烧肉制作得也很精致，取代了过去的"方子肉"，加了酱油、冰糖等作料，用文火慢炖，直至酥烂喷香，看上去晶莹剔透，入口即化，肥而不腻。器皿更是五花八门，错落有致。色、香、味、形、意、养俱佳，尽管如此，最后还剩下近一半被分别打包。

透过侄子的婚礼折射出农村的很多发展变化和时代的变迁。

第六辑　年味

腊月刚过没几天，大人们便开始张罗起来，年的味道像刚释放出的烟幕弹在空气中弥漫开来。年味儿十足的腊月天让人们充满了期待，对年有高度的热情，让人日夜思绪难宁。那时生活不富裕，所以流传着"有钱没钱，割肉过年"的俗语……

备年货（一）

儿时，老家过年是最隆重的事了，人们都把年当作图腾一样敬拜着。因为，春节是人们对锦衣玉食的一种期盼，对亲人相逢的一种渴望，对美好生活的一种膜拜和向往。每当进入腊月，我便盼着过年，掰着指头数着离过年还有几天，手指头不够甚至用上脚指头，心想要是天天过年该有多好呀！

腊月刚过没几天，大人们便开始张罗起来，年的味道像刚释放出的烟雾在空气中弥漫开来。年味儿十足的腊月天让人们充满了期待，对年有高度的热情，让人日夜思绪难宁。

那时生活不富裕，所以流传着"有钱没钱，割肉过年"的俗语；还流传着"过年如过关"的说法，尤其是历经苦难的老人常会说"年关到了……"其实，对于贫穷且孩子多的家庭来说，过年真的是一大难关。比如，欠别人的钱要还，儿女大了要谈婚论嫁，要准备年货，要给全家人做新衣服，做新鞋，走亲戚拜年要准备点心，来了客人要招待……以上事项都需要钱而且似乎都不可或缺，因此过年会让很多当家人作难。

无论贫穷还是富有，多少都要准备些年货。

进了腊月人们开始为年而忙。买点肥猪肉、豆油或棉油，自家用小麦磨些白面粉。小麦经过筛选、淘洗、晾晒、磨粉这几道工序后，才变成白白的面粉。麦子磨成的面粉叫白面，老家管白面叫"好面"。一个"白"字，平淡无味，夹带不上太多的感情色彩，如果换成一个"好"字就大不一样了。这世上甭管啥玩意儿，前头加一个"好"字，立马就有了情感取向。好面好吃，只有到了逢年过节的时候，才会吃几顿好面。每家每户都把年看得很重要，这种周而复始的热闹，是农家人春播冬藏的盛大典礼，是人生五味甘苦的春华秋实。

过了腊月二十以后，镇子上便天天是集，方圆十里八村的人，便潮水般向集市上拥去。家里的主人几乎是每逢集市必去赶，面对琳琅满目的年货，也忘不了货比三家，讨价还价，哪怕比平时贵一些，也是要买的，都是为了过个好年。其实，什么都不买闲逛的也不乏其人，主要是图个热闹，开开眼界，一年到头也难得就这几天清闲。过年其实过的是一种心情。

腊月二十三是吉照，也是"小年"。从这天起，人们已真正进入年的状态。吃，乃人间头等大事。大多数人家开始蒸年馍，俗称"发馍馍"。蒸年馍比平时要隆重，一是数量大，正月里亲戚朋友往来多，需储备，且天冷易保存；二是花样多。

我家人口多，母亲头天晚上就要将几大盆面和均匀，放进柳条筐，盖上干净的笼布，再盖上棉被保暖。这样捂一夜，面团才能发酵起来，体积比原来大了几倍，原来较硬的面块变得松软无比，用手一抓呈蜂窝状，黏丝丝的让人惊喜。接下来，开始做馒头坯子。掀开棉被揉面、醒面，揪成大小均匀的剂子，再揉成圆球状。做好后不能立即上笼，还要放在棉被里捂上一阵子。等馒头坯子醒好了，便放入大锅开始蒸，此时锅里的水已经沸腾。老家人称之为"蒸发馍"，发馍图的是个"发"字，它体现了人们对风调雨顺的富足生活的期盼。

常言道"饭要一口一口地吃，馍也要一锅一锅地蒸"。馍一次可蒸二三十个，每次约 20 分钟，如此要蒸十几锅，累计下来要大半天时间，既耗神又费力，母亲每次都会腰酸背痛。第一笼出锅后，奶奶便挑选几个模样好看的馍盛在碗里置于堂屋的香案前，口中喃喃自语，敬神祈福，祈求老天风调雨顺，这时候最忌讳有人在一旁说错话，哪怕是童言，也会招来一顿数落。奶奶那虔诚神秘的样子令我们忍俊不禁，年幼的我们哪能理解大人的心境。后来我才懂了——这是一个没有文化的劳动妇女以最古朴的方式，表达对天地、对祖宗的感恩以及对新年的祈愿！

除了蒸白面的馍馍，还要用煮好的红薯、红小豆、绿豆、红枣等做馅子，用玉米面和白面混合起来做面皮。挖一块面握在手心里团一下，用右手的两个指头捣出窝来，添入调好的馅料，把口捏实，再团成圆圆的球状，像一个金蛋握在手心。过年黄团子必不可少，它代表日子金灿灿甜蜜蜜、合家团团圆圆幸福美满之意。如果全部用白面粉皮包上馅子，形状就发生了改变，故称之为"豆包子"。还要蒸菜包子，用粉条、胡萝卜或者红辣萝卜做成馅子，条件好的人家会掺上五花肉末或猪油渣，用发酵的白面皮包好，顶部转圈捏出花来。蒸年馍是头等大事，一次蒸出许多吃不完的馍馍，寓意幸福的日子更加悠长。

蒸完年馍，开始过油了。所谓过油就是用热油炸丸子、焦叶子、焦丝子等。这些制作起来相对麻烦些。炸焦叶子是把撒上芝麻粒、划成菱形的薄面片放入油锅里炸片刻，叶片便翻卷，褐黄焦酥，美味无比。炸焦丝子是用事先熬好的糖水和入白面中，擀成薄饼，再切成两三寸长的细条。这两样都要在下油锅之前晾晒干，分批放入油锅中，轻轻用漏勺搅动，很快就被炸透了，根根金黄灿亮，酥脆喷香，成为我们在春节期间最好的美食。丸子主料以面粉、萝卜、大白菜、粉丝为主，生活条件好的人家还要加少许肥肉末。把这些原料剁碎，是第一道工序，刀剁案板的声音像跳动的音符一样欢快。蔬菜类的原料剁好后，要用纱布包成团把菜汁挤出来。现在看来那可是 100% 的蔬菜汁，如今即使在超市也很难买到，当时却白白地扔掉，实在可惜。

还要炸一些土豆条、豆腐泡、藕条和小鱼等，这些多为节后招待客人所用。这些炸好后，往往要被束之高阁——用篮子装上，高高地吊在梁头上。我只能在出锅的时候趁机尝一点儿，后来馋了，便搬起凳子，站上去"偷"，家长发现常常要嗔怪。

备年货（二）

　　每到快过年的时候，父亲便拿着黄豆找到村子里的豆腐匠，请求其帮忙做一大盘豆腐。做豆腐自然要选上好的黄豆，浸泡一两天，黄豆涨大之后再磨成豆浆，豆浆要用纱布过滤，过滤出来的豆浆要放进大锅里煮，一边煮一边不停地搅动，不能煳锅，否则，豆腐做成后会有一股煳锅味，影响口感。豆浆煮好后要用卤水点，点豆腐是个技术活，卤水点多了豆腐就会太硬不好吃，卤水点少了，豆腐就会太嫩不成型。正所谓"一物降一物，卤水点豆腐"。做好后的豆腐又白又嫩，约有十厘米厚，面积接近一平方米。为了便于保存，除了留下当即要吃的很少部分外，更多的则要做成冻豆腐。

　　做冻豆腐有讲究，太嫩的豆腐不容易冻实，相比之下老豆腐更适合做冻豆腐。家乡的冬天天寒地冻，温度在零下十几摄氏度，母亲会把老豆腐切成小方块，放在室外过夜，等到翌日清晨，硬邦邦的冻豆腐就做好了。

　　为了便于保存也是为了多些吃法，便把冻豆腐拿到温暖的地方，慢慢地化冻，等冻豆腐松软后，把里面的水分控干，变成干豆腐后，内有大量的孔，呈蜂窝状。吃的时候再把干豆腐放进清水中，泡上一会儿，将其捞出来再挤一次水，如此这般就可以把豆腐里的苦水沥尽。冻过的豆腐特别能吸收汤料，拿它下锅，口感很好，味道也很鲜美。

后来我才知道冻豆腐的营养成分非常丰富，含有大量的植物蛋白、丰富的膳食纤维以及维生素、叶酸、矿物质、卵磷脂等。其实，那时的做法完全没有从营养学的角度考虑，首先是填饱肚子，其次是改善生活，仅此而已。

以上食物都准备好以后，接着就是剁饺子馅了，有猪肉馅、羊肉馅、牛肉馅等。肉馅配上粉丝和萝卜，做成满满的一大盆馅子，可以吃一个多星期。

从腊月二十开始，生产队便组织几个杀猪能手屠宰生猪。

生猪是从生产队的猪圈里挑选出来的，个个膘肥体壮。它们被赶着走向"刑场"，嘴里还哼哼唧唧，像在唱小曲，根本不知道自己的生命很快就要走到尽头。

等到猪肚剖开后，男孩子便迫不及待地哄抢猪尿脬，因尿脬很有弹性，像气球一样能吹起来；女孩子则用猪蹄夹制作油灯，方法是在空蹄夹里放上猪油和用棉絮做成的灯芯；大人们（每家均派有代表）则等着抓阄分发猪肉，根据各自抽到的号码领取对应的猪肉，高高兴兴地拿回家，用铁丝弯成钩子，把肉高高地挂在屋内的梁头上。这样做不但是为了能久放不变质，更是防止猫、狗和老鼠等偷食。

腊月二十四是大扫除的日子，家家扫房，擦洗用具。家里家外，房前屋后，总之，东西都要翻个身动一动。这一卫生习惯，紧扣除旧迎新的主题。

接下来的几天里，大队、生产队的干部就会敲锣打鼓到我家，送上春联和"烈属之家""军属之家"两块牌匾（因为我伯父是烈士，我的三个哥哥相继参军），以及一封慰问信和一块猪肉、一捆粉丝。猪肉肥瘦相间且带着几根肋骨，人称"肋条肉"。随着年龄的增长我才知道，我家是军烈属之家，是政府的优抚对象。这样的荣誉固然让我们兴奋，其实那时给我印象最深的还是那几斤猪肉。

猪肉都是事先切好了的，冻得硬邦邦，每块具体多少斤我记不得了，我想应该是有明确的斤数。有时是放在大筐里，有专人用大杠子抬着，慰问的人有大队小队的干部，甚至还有公社的干部，穿着军大衣，戴着"火车头"棉帽，显得很精神。

记得有几年还有锣鼓队，有的吹唢呐，有的吹笛子，有的吹笙……吹吹打打，尽是欢快的调子。锣鼓队后边是一群孩子，锣鼓队到哪家，他们就跟到哪家。有人说他们爱赶热闹，我认为，除了赶热闹，恐怕还有另外一个原因——眼馋那块猪肉。到了家门口，还要放上一挂鞭炮，硝烟尚未散尽，慰问的队伍已经进了我家门。

奶奶从听到锣鼓声的那一刻起，就知道慰问的来啦，于是赶紧放下手中的活儿，开始准备接待工作，摆好板凳，倒好白开水，还准备了一两角钱一包的香烟，等等。

锣鼓队护送着，一路上吹吹打打，好不热闹。他们虽在大门口驻足，锣鼓声却并没有停下来，反而敲得更欢，唢呐吹得更响。在这喧闹声中，有个干部提起一块猪肉，递到奶奶手里，还有其他物品则分别交到我父母的手里。

来人嘘寒问暖一番后便离开。慰问的队伍刚走，奶奶就迫不及待地让父亲在大门口钉上崭新的红艳艳的光荣牌，刚好看热闹的人还没有散尽，也纷纷聚拢过来帮忙。奶奶把旧的光荣牌拿到手中反复擦拭着，我却说没有用了，扔掉吧。奶奶一本正经地说："这是咱家的荣誉，怎么能扔呢？要好好保存起来。"听到这里，年幼的我油然而生一种自豪感，觉得比过大年还高兴，奶奶、父亲、母亲，更是乐得合不拢嘴。

为了突出春节的喜庆气氛，很多人家除了贴春联，还要贴年画。年画作为独立的画种，除了表达人们对年的期盼，还有与天地的交流、对历史的回望、对祖先的怀念，有人们趋吉避凶的愿望，更有根植于中国人心灵深处和中国文化深处的艺术表达。

老家这一带没有什么特别的地方特色年画类型，非常朴素。内容多是一些戏曲故事，如《穆桂英挂帅》等，也有贴在大门上的门神——哼哈二将。记忆里，一个虎头虎脑的白胖小子，大红肚兜，胸前佩戴如意长命锁，手持莲花，怀里抱着一条大红鲤鱼，憨态可掬，甚是受人宠爱，寓意年年有余，人丁兴旺，风调雨顺，五谷丰登。在火红的春联和多彩的年画映衬下，整个院子里都洋溢着温暖的气息，流淌着阖家团圆的幸福，年的味道被渲染得醇厚香甜……正是这一张张充满希冀饱含激情的年画，开启了沉睡一冬后呼唤多彩世界的心灵，让春天的气息提前在冬季预热。

年三十这天，女人们的主要任务就是包饺子、准备年夜饭，年夜饭要比平时丰盛。饭后开始守岁，父亲便给我们兄弟几个发压岁钱。记忆里，压岁钱从五毛到一块钱，随着生活条件的不断好转，数额也在递增。父亲说，有了压岁钱，就会长得快、长得高，长大了就能上大学。兄弟几个各自握着自己的压岁钱，兴奋得久久不能入睡。过一次年就像去一次精神上的加油站，使我们在精神上也长大一岁。压岁钱的数额大小，因家庭经济条件而异。据说压岁钱能压住邪祟，因为岁与祟谐音，得到压祟的钱，就可以平平安安地度过一岁。守岁主要是"翻翻旧事儿"，所谓温故而知新，其实还守候着一个希望。过了这个除夕，春的气息扑面而来，守到的岂止是一笔旧账、一个丰年、一种心理平衡，还有家人的快乐与健康，是来年实实在在的勤劳和拼搏！除夕之夜，一家老小守夜，把一切邪病瘟疫撵跑驱走，期待新年幸福如意。长夜就这样缓缓地溜过去了。

随着生活水平的提高和生活节奏的加快，有些习俗已经淡出我们的生活。但每当过年的时候，为过年而准备的美食的芳香以及朴实家常的味道，依然甜在心头，依然在味蕾徘徊。

写春联

贴春联是过年传统习俗。春联是春节的名片，是春天的请柬，是新年的眼睛，是日子的笑脸。

春联又名"门对""春帖"，是对联的一种，因为在春节时张贴，故名"春联"。春联的种类比较多，依其使用场所，可分为门心、框对、横批、春条、斗方等。门心贴于门板上端中心部位；框对贴于左右两个门框上；横批贴于门楣的横木上；春条根据不同的内容，贴于相应的地方；斗方也叫门叶，为正方菱形，多贴在家具、墙壁上。

老家人管对联叫"对子"，写对联叫"写对子"。腊月二十三小年一过，就有人家开始找人写对子了，到腊月二十八九，便是高潮。父亲是乡村教师且从小刻苦练习书法，故写得一手好字，不论是硬笔还是软笔，方圆十里八村都数得着，因此，那几天我家很热闹，都是登门请父亲写春联的人。当然都是无偿劳动，父亲从来不会计较这些，对待每个登门者都很热情。父亲先是详细询问来者家里需要几副春联，是否还有特殊要求，用现在的话说就是私人定制，问清楚后即用钢笔现场在带来的红纸背面记录下来，然后按照来者的时间先后有序摆放起来，并告知对方来取春联的大致时间。

儿时的我，那几天的主要任务就是协助父亲写好春联。我首先要把家里的桌椅擦洗干净。父亲则把提前几天就准备好的笔、墨、裁纸刀、盛放墨汁的小碗以及记录很多春联的笔记本一并拿出来，摆放在桌子上。一切准备就绪后，父亲才摊开裁好的红纸，挽起棉袄的袖子，慢慢地握笔、蘸墨、屏息、沉思。接下来，只见父亲提笔、悬腕、运笔，笔走龙蛇，一气呵成。霎时间，要么是端正工整的楷书，要么是龙飞凤舞的行草便跃然红纸上。父亲是个心细的人，一副对子该如何安排字数，又该写什么，他都会耐着性子斟酌一番，他还专门备有一本对子书，每写一副，都要翻一翻。父亲很认真，每次落笔之前都会将红纸均匀地轻轻折叠一下，留下印痕以便书写起来字里行间的布局比较均匀美观。父亲常写的是楷书、行书，有时也写草书。每笔都一丝不苟，有时还会先悬起笔来在红纸上比画一番，然后再落笔，这样就会做到胸有成竹。

我帮助父亲干一些力所能及的事情，比如帮着裁纸、按压红纸、撕纸等，还要将刚写好的春联放到地上摊平、晾晒，注意未干的墨不能被摸了，春联不能被风刮了，不能被鸡犬等牲畜踩了，以防破坏美观。结果往往会摆放大半个院子，非常壮观。父亲每年都要写很多，常常累得腰酸背疼，甚至要挑灯夜战。我看在眼里急在心里，一心想替父亲分担，于是就主动向父亲要一些边角料，结果把红纸涂得一片漆黑，父亲就手把手教我写，嘴里不住地念叨"横要平，竖要直，笔画要硬，拿笔姿势要正确，起笔落笔都要有停顿……"每当见到我在已经写好的字上重复摹写，他便会说"字是黑狗，越描越丑"，言下之意要一气呵成。现在想来，父亲对我的教育就是从写字，从一笔一画开始的。父亲说字要写得端正，要站得住，要摆得平，字就像人一样，歪了是要摔跟头的。正是在父亲的言传身教下，我才成为稳重之人。

上初中后我才真正开始帮父亲写春联，大大减轻了父亲的劳动量。虽然都是照葫芦画瓢，字还称不上"体"，但也有了样子。一大早便备好笔墨，放上两张桌子，父子俩便拉开了写春联的序幕。那几天，我家也因此成了村子里最热闹的地方。乡亲们满脸喜悦、心怀感激地拿走春联，留下的是对父子俩的敬重。

比较通用的春联有"忠厚传家远，诗书继世长""爆竹声中辞旧岁，欢天喜地过新年""和顺一门有百福，平安二字值千金""喜居宝地千年旺，福照家门万事兴""一帆风顺年年好，万事如意步步高""福旺财旺运气旺，家兴人兴事业兴"，等等。为了更有针对性，但凡家里有老年人的，大多要写"福如东海长流水，寿比南山不老松"；做生意的人家大多要写"生意兴隆通四海，财源茂盛达三江"；还为粮仓准备了"五谷丰登"；为牲畜的"家"准备了"六畜兴旺"；为自行车准备了"日行千里"等春条。最常见的还要在大门口贴一个春条，内容多为"出门见喜""全家平安""人财两旺""雪兆丰年"等。有时父亲也会临时编撰春联，比如"改革声中辞旧岁，欢天喜地庆丰年"等，还会针对平日里两口子爱吵架的家庭，写上"家和万事兴"，而对平日里懒散的，则会写"勤劳人家福盈门"，如此不一而足。这得益于父亲深厚的文学功底，乡亲们更是偏爱父亲即兴写出的春联。总之，这些春联的字里行间表达了对新生活的美好心愿，寄托了老百姓朴素而善良的愿望。

我家除了贴春联，还在大门贴上父亲写的两个大"福"字。年幼的我对父亲的这一做法很不解，认为是重复，父亲却解释："福字太好了，衣补旁表示有衣穿，一横表示有房子住，口字是有饭吃，田字是有地种。"父亲又进一步诠释说，福有"五福"，五福源于《尚书·洪范》对福字的解释"一曰寿，二曰富，三曰康宁，四曰攸好德，五曰考终命"，大意是说，一个人长寿是福，多财是福，健康平安是福，德高望重是福，寿命善终是福。此外还有三种意义：一是顺，祈求在新的一年里能一顺百顺，诸事如意；二是保佑，能逢凶化吉，遇难成祥；三是创造幸福生活，告诫家庭成员，在新的一年里，全家人要团结一致，同心协力，创造一个幸福家庭。五福临门是人们追求的至美境界，当时我不解其意，而随着年龄的增长，我才渐渐地读懂了父亲年年写福字的心境。长此以往，这个福字就成了我家的文化现象，并深深地烙进我的心坎里。

后来，我参军到了军营，因工作较忙，也很少回老家，对父亲写的福字还真有点思恋。那年春节探亲，我又回到朝思暮想两年多的老家，到大门口时，映入我眼帘的就是父亲写的那个大大的福字。透过福字我看到父亲半个多世纪的心愿，从一笔一画中品尝到老一辈对福的苦苦追求。在和煦的阳光下，福字显得格外遒劲有力，熠熠生辉。我情不自禁地说："父亲的福字写得真好。"

后来父母被接到城市里生活。我以为父亲不会再写福字了，谁知元旦刚过，父亲又准备好了红纸和毛笔，当我猜中父亲的心思时，他笑了，笑得那么开心，满脸都折射出幸福的光彩。

光阴荏苒，转眼间离开故乡已经30年了，每当过年时，我仍然坚持自己写春联，写的内容也在与时俱进。不论是对幸福生活的期望，还是对新时代的讴歌，都通过字里行间来表达自己的真情实感，浓浓的年味也随之飘然而至。

杀年猪（一）

　　"小寒大寒，杀猪过年"，这是苏北老家的谚语。

　　中国人养家猪有九千年的历史了，可见这等家畜在我国文明史里也有一席之地。陆游的名句"山重水复疑无路，柳暗花明又一村"大家都耳熟能详，其实还有关键的前两句"莫笑农家腊酒浑，丰年留客足鸡豚"，"豚"即小猪，泛指猪。

　　在我儿时的记忆里，每到过年我家都要杀一头猪。那时，几乎家家户户都养猪，养猪不光是为了吃肉或卖钱，还是为了积农家肥。施农家肥的粮食不但产量高而且好吃，还起到改良土壤的作用。所谓地越种越厚，道理其实就在施肥上。"庄稼一枝花，全靠肥当家"，也充分说明了这一点。

　　我家虽养过不少猪，但印象最深的当数那年春天买的那头黑猪崽。大约二三十斤，刚被父亲带回家，它还有些不适应新环境，趴在一隅，身体微微颤动，两只圆溜溜的黑眼珠流露出惊恐。母亲给它送上好吃的，它似乎不感兴趣，还要躲闪，等母亲走后才试探着吃起来。几日后，才

197

适应了，胃口也随之大增。

春天刮风，猪好像也迎着春风在往上长，身子很快由原来的一尺多长，长到两尺多长，但身上的肉没有多少变化，凸显出一副骨头架，似乎显得更瘦了。母亲说，这咋办？不会有病吧？父亲说，哪会有病，它跟咱孩子一样，先长骨头后长肉！继续喂！果然是这个理。猪长到约三尺半的时候，就不长身长了，而是开始横着长了，像一只被吹了气的气球，很快就膨胀了起来。肥胖的猪发福了，仿佛有钱的大老板，油光满面，腆着啤酒肚，一晃三哼哼，走路左右摇晃着，又像刚刚怀孕的小媳妇，老怕闪了腰，娇气得很，走走停停，停停走走……

春去夏来，随着时间的推移，猪也变得日益膘肥体壮。有一天，它终于按捺不住，跳过一米多高的围墙逃了出去。全家人紧急出动，在打麦场的空地上发现了它，它正与邻居家的一头长相俊俏的小母猪在一起亲昵。

父亲见此情景说："得找老徐把它阉了，不阉就不长膘了。"老徐是公社兽医站的名医。他的职业标志是在自行车前头挂面三角形小红旗，就是这辆自行车驮着他走村串户。

老徐来的那天，在众人的帮助下，黑猪动弹不得。只见老徐从工具包里取出刀片，在黑猪那鼓起的肉团上麻利地划了两道，将两个肉球挤出来放在一边，而后，迅速地将含在嘴里的针线拿在手上，转眼间，刀口便缝合好了。从此，公猪改变了命运，成了"太监"。

老徐边洗血手边自言自语："这猪阉了可惜，我还没见过这么好的牙猪（公猪）。""好也不能留，这猪是过年用的菜。"父亲听后说。

老徐收完五角钱的手术费，走时还不忘带上那对还有余温的猪蛋，自语道："拿回去喂猫！"说完便骑上车吆喝着远去。

猪阉过大约一个月后，开始上膘。到了秋天，开始喂红薯，长膘更快，眼看着一天比一天肥，像吹了气似的。

到了腊月二十几，就到了杀猪的日子。

家门口的空地上挖了一个土坑，架上一口大铁锅。即将上"刑场"的肥猪已经被饿了两顿，待在圈里也不老实，哼哼着来回走动，也许是饿的吧，也许是感觉情况不妙。打开圈门，把那个肥头肥脑的家伙从圈里轰出来，瞅个机会，五六个人抢上前，有的扯住耳朵，有的拽住腿，大家齐心合力，将它掀翻在地。这活儿说起来容易，但一般人干不了，没有经验者即使累得气喘吁吁也未必能搞定。用事先准备好的绳子，三下五除二，把猪的四条腿绑得紧紧的，气得它嗷嗷叫，挣扎着似乎不服输。大黑猪在众人的围观下，被抬上大案板，它似乎用留恋的目光打量完周围，便不再嚎叫。刘屠手喝口白酒，壮着胆子拿起明晃晃的杀猪刀，却迟迟不敢下手。

父亲疑惑地问："咋啦？"

"这猪怎么了？怎么一点反抗也没有？"刘屠手声音有些发颤。

"猪通人性，它并不笨。"上中学的四哥在一旁插话。

"它知道自己要死了吗？"刘屠手又喝了一口白酒问。

"它知道，它什么都知道，它还知道是谁杀它呢！"四哥又说。

"它知道是我杀的吗？"刘屠手脸色变得有些青。

"一定知道。"四哥正要往下说，结果被父亲狠狠地训斥了一番："它给你说啦？就你多嘴！小孩子一边玩去！"四哥便不再吱声。

"老刘，你怕啥，杀了一辈子猪，你知道，猪是咱阳间一道菜！"父亲做刘屠手的思想工作。在围观者的怂恿和催促下，刘屠手终于鼓起勇气拿起尖刀，鲜血流淌到下面已经撒上一层细盐的盆子里。

接下来，大黑猪的一条腿被划开小口，用细铁棍贴着腿皮捅进去，又称梃猪。顺着这个小口儿向里吹气；吹气的时候，鼓着腮帮子，瞪着眼睛，暴着青筋，使上吃奶的劲吹，腮帮子鼓得像皮球，脸憋得像下蛋的母鸡。人们常说吹牛，但真的吹牛我倒是没见过，吹猪却是目睹的。

桌子上的猪一点点儿变大、变肥，极像卡通片里的形象。后来老家杀猪都没人吹了，一则嫌猪脚埋汰，再则太费劲儿，吹上一头猪，就是身强力壮的大小伙子，眼睛里也得飞上半天金星子，所以转而改用打气筒，"嗖嗖"几下，就能吹起一头猪。一边吹，一边用木棍敲打，使之全身受气均匀。然后把猪放进已经沸腾的大锅里，用开水烫，左右翻摆着烫均匀，这就是"死猪不怕开水烫"的由来吧。边烫边用刮子给猪煺毛，转眼工夫，大黑猪变成了大白猪，呈现在众人的面前。

杀年猪（二）

术业有专攻。只见刘屠手动作麻利，剖肚开膛，很快将黑猪大卸八块。我和左邻右舍的孩子们这个时候最兴奋，猪尿脬吹上气扎紧口就可以当球踢，只要不被戳破，能玩上好几天。

猪肉为汉族所选择的诸肉之首，买别的肉需要加个副词，如牛肉、羊肉、狗肉、兔肉、鸡肉、马肉、驴肉等，买猪肉则说买肉，有的地方还称之为大肉。没有杀猪的人家开始根据需要来买，有钱的给钱，没钱的主动要求记账。父亲却说，都是左邻右舍的不需要，自己记住就行了，啥时候有钱啥时候给。

卖不掉的肉都腌起来。一块一块的猪肉煮熟后，放进缸里，撒上盐，过了一段时间，肥肉就会变成淡黄色，香味扑鼻，就成了正宗的腊肉。吃的时候，切成薄片在外面挂浆，接着放入油锅里双面煎成金黄色，吃起来外酥里嫩，满嘴流油非常过瘾，也因此成为招待客人的一道大菜。

我家每年都将猪下水留着，洗干净下锅煮熟了留给客人吃，因为这是上等下酒菜。所谓猪下水，即除去肌肉以外的其他猪器官。平时，父亲为了改善生活，也经常去集市上购买猪下水，每次都去得特别早，主要是去排队。有时也走走"后门"，即托关系多买点肉，最好再买些猪下水，有时候买的是猪头，有时候买的是猪肚、猪肠子，有时候买的是猪心、猪肝、猪肺等。父亲将猪下水装在"蛇皮"口袋里，捆绑在自行车上驮回家里，一家人围着帮忙处理，热闹非凡。

先将一大锅水烧沸，将猪头放进去囫囵烫一下，便拿到案板上拔去长毛，同时院子里支起一口黑锅，专门用来熬沥青（如今不允许使用，因有强致癌物）。等沥青完全熔化后，将熔化的沥青迎头浇上，仿佛给猪头做了一层面膜，或者将猪头放到沥青锅里打个滚，等蘸均匀了再拿出来。冷却后，慢慢揭掉那层沥青，刹那间，一只憨态可掬，有的还略带笑容、粉白可爱的猪头就呈现在面前。这时，母亲总是从容地把猪头再清洗一遍，而后将整个猪头放入加好水的铁锅中，烧木材炖煮。水微开时撇去上面漂浮的沫，滚开后，改用文火。为了节省柴火，母亲会用湿布把木制锅盖的所有缝隙封严，并压上石块以保持锅中蒸汽的强劲。就这样大约一个小时才熟烂。其间，母亲会用筷子插一下，以此把握生熟度，感觉可以了，便将锅底火熄灭，再焖上一会儿，待锅盖掀起，把猪头拿上来，看上去粉嘟嘟、颤悠悠，用刀子一划，皮开肉烂，香气四溢。由于我年龄最小，母亲总是照顾我，把猪头脸颊和下巴处的肌条瘦肉剔好一碗留给我。肉入口的感觉是难以言表的，还有回味时精神的愉悦。年来了，室内外充满了快活的空气，洋溢着欢乐祥和的气氛，每个人的脸上都露出幸福的微笑。

猪蹄的处理也与猪头类似。母亲把处理干净的猪蹄斩成小块，加水烧开撇去浮沫后，放入酱油、大茴、花椒、盐等作料，快熟的时候也会放些大豆或者花生米，文火炖熟。因猪蹄富含胶原蛋白，汤汁醇厚，倒入大盆冷却，隆冬的室外就是天然冰箱，很快凝固成冻，每次食用，拿锅铲挖出一块放在案板上，切块切片均可。观其色，深如琥珀，晶莹剔透；吃起来筋道，是居家食用和待客的上佳酒肴，一直可以吃到正月初十左右。

母亲在卤制猪心、猪肺、猪肝、猪肚时，我也乐于上阵帮助。比如清洗猪大肠、猪肚，要用盐反复搓洗，再用醋搓洗，这样主要是除异味。我挽起袖子双手反复用力搓揉，软软的滑滑的，尤其是猪肚，翻过来清洗时，跟毛巾的感觉相似，真有些爱不释手。这些食物做熟了，我却不能大饱口福，因为这些是家中春节待客的上等菜。尽管父亲每每都会奖赏我吃一点，我也是匆匆咽下，不敢细细品尝，以免心存妄念，做出"梁上"勾当。

除了处理猪下水还要提炼猪油。

小时候，家中的灶台上始终有一碗凝固的猪油，呈乳白色的膏状，那是母亲用猪板油精心提炼出来的，做菜时与其他植物油配合着下锅。那时不经常吃猪肉，似乎猪油是唯一的荤油。

我多次目睹母亲熬制猪油的经过。母亲将父亲从集市上买来的猪板油清洗一遍，控干水分切成规则的小丁块，然后切几片生姜，放在锅里，用文火不断翻炒，一会儿就会有油渗出，等达到一定的量之后，便用勺子将渗出的油舀出放入碗中，整个厨房乃至院子里都弥漫着诱人的香味。等到热油完全冷却后，就会凝固起来。原先的小丁块已变成金黄色的油渣，又嫩又香，捞出锅放一点细盐，搅拌均匀，趁热吃最香，非常酥脆，嘴角流油。当然，最常食用的方法还是与蔬菜一起炒着吃，非常下饭。

母亲为了增加我的食欲，时常在饭碗里放一小勺猪油，从碗的中间插到碗底，一会儿猪油就融化了，香味扑鼻，用筷子搅拌一下，一碗饭顿时油亮亮的，食欲大增。

拜新年

爆竹声声除旧岁，欢天喜地过大年。

从前，大年三十晚上会接神放鞭炮。据神话传说，这样做有两个目的：一是以模拟皮鞭不断抽打的声音驱赶每隔一年便要来人间吃小孩的"夕"；二是接上天诸神下界，当然最主要是接财神。

大年初一，忙活一年的人们才真正消停。

天未明，"啪啪"的鞭炮声响个不停，有时像机关枪一样震耳欲聋。打开大门先放双响高升炮，俗称"二踢脚"或"二雷子"。这个也有不同的说法：一曰"指日高升"的意思；二曰昨晚赶走"夕"还不放心，再追补踢它一脚。

传说无从考究，但在现实生活中，有真实的一面。放鞭炮是农民收成的"晴雨表"，如果哪年放得多，就说明上年的收成好。宏观是民以食为天，微观是粒粒皆辛苦。从某种意义上讲，过年放鞭炮主要为的是庆丰收。

这天，人们起得特别早，天未明便起床准备早饭，早饭必须吃水饺。

在民俗观念中，新旧年度的时间交替在午夜，在除夕与新年交替之际，全家吃饺子以应"更岁交子"时间，表示辞旧迎新，又因为饺子形状像银元宝，有"新年发大财，元宝滚进来"的象征意义。有的人家还要在饺子里包上几个金额不等的硬币，如果吃到硬币，则预示着该人要在新的一年里发财或走好运；如在里面放上红枣，寓意为早日发财。总之，是吉祥的象征。

往锅里下饺子的时候，同时要燃放成盘的鞭炮，即放鞭炮与下饺子同步进行。有一次，我因燃放不及时，而遭到母亲的"训斥"，至于说为啥要同步，母亲也没有说出个理由，反正是流传下来的习俗，谁也不好违背。我想，这样做应该是为了驱赶与人们争食的鬼神吧。吃饺子时，大人们用竹筷子，孩子们多用竹片做成的叉子，跟现在的不锈钢叉子异曲同工。

新年伊始，万象更新。饭后，天依然朦胧着，人们便开始走动拜年了，不管遇到谁，都说些拜年的话，大多是先给长辈们磕头。老年人在家等着外人登门拜年磕头。孩子们及青年人都穿上花花绿绿的新衣裳，中老年人也要穿上朴素的新衣裳。人们匆匆吃完早饭便挨家挨户拜年。

老年人首先要接受自己家晚辈的磕头和问好，然后才是乡邻的声声问候和祝福。问候的话大多是"祝您老人家健康长寿！""今年多大年纪了？""老人家饭量咋样？吃了几碗扁食？"等等关心的话。传统一些的晚辈，还要跪在地上磕几个头，以示对老人的尊敬。每到此时，老人便连忙说"别磕了、别磕了，来了就好"。老人们则要关心地询问并辨认这是谁家刚过门的新媳妇，那是谁家的大闺女越长越俊，谁家的小伙子又长高了一大截等等。

新媳妇在拜年的队伍中最引人注目。其在婆婆的带领下拜年，逢人便要介绍一番，尤其是长辈，论辈分和年龄该叫叔叔、婶子或大爷、大娘，还有更高的辈分，则叫"爷爷、奶奶"。新媳妇根据婆婆的介绍，害羞地称呼着，被称呼者则要连连夸奖新媳妇长得俊、知礼懂事，还要问一些关于她娘家的情况。

平时因琐事产生矛盾的左邻右舍，此时也不再计较，主动搭腔，大家在一片欢声笑语中又变得和睦起来，不愉快的往事随之抛到脑后。

拜年的同时，大家还不忘欣赏每家门上的新年春联，有时还要对某个字或某句话议论一番。有一回，我因写错春联出了丑，上联应是"心田种德心常泰"，却被我写成"心德种田心常泰"，可笑的是，乡亲还端端正正地张贴着。从那以后，每年写春联，我都不敢有丝毫的马虎，每次写完都仔细检查，我也从中悟出很多东西，后来我更爱看春联、写春联了。每家的春联内容大同小异，多为祝福风调雨顺、五谷丰登、人财两旺、全家平安、出门见喜，还有歌颂党的富民政策等主题的内容。

大约十点钟，拜年活动基本结束，人们开始打纸牌或打麻将，或三五成群聚在一起闲聊。当时没有电视，女人们的话题多为家长里短，男人们的话题多为庄稼的收成、家庭的收入等情况。如果人群中有从城里回来探亲的乡亲，便格外吸人眼球，大家都用羡慕的目光看着，围拢着催促着听他讲发生在城里的故事，大家都瞪大眼睛看着、竖起耳朵听着，因为外面的世界很精彩。

孩子们也不甘寂寞，开始找乐子，三五成群到放过鞭炮的场地捡拾没有炸响的鞭炮，通常称之为"哑炮"。大家先用脚踩一下，如果感觉很硬，就说明是实心的，证明里面有火药，还有利用的价值，否则，就会放弃。之后稍加修整再放。这事说起来简单，其实是个很危险的事儿，因为这种没有放响的鞭炮，往往只剩下很短的捻子，再次点燃的确需要胆量和技巧。有的是平放在地上点燃，瞬间就炸开，震得人耳膜发麻；有的是插入泥墙缝里，结果会把墙皮炸掉一块；更有甚者将鞭炮插在动物的粪便上，结果可想而知……对于那些见不到捻子的鞭炮，就要"开膛破肚"，把里面的火药剥出来，再想办法加以利用。比如将这样的火药集中起来，放在饮料瓶里，然后将自制的一个捻子连同填充物一起将饮料瓶口塞紧，放在一个宽阔的地方或者壕沟里，这样做主要是为了安全，将捻子点燃后迅速跑开躲起来，接着就会传来一声巨响……那份新鲜兴奋的心情，让我终生难忘。

此时的神州大地，处处流光溢彩，明朗满目。从初一到十五，人们都沉浸在欢乐、祥和的节日气氛中。

看电影

　　儿时老家还没有电视，文化娱乐活动极其匮乏。每到过年时，集镇上的电影院便接连放几场电影，这对于忙活一年的农人来说，无异于一场文化大餐，极具吸引力，绝大多数人都不想错过，尤其是年轻人和孩子们。

　　电影院的工作人员为了使更多的人知道放电影的消息，便利用人们赶大集备年货的时间，到处张贴海报宣传。得知消息的人，特别是孩子，很早就把看电影当成了大事，看着宣传海报，久久不愿离开，就连大人们也情不自禁，来来去去都要看上几眼。大家除了看电影名、放映日期，更关心的是票价，一般是五毛钱。

　　大年初一，电影便开始放映，人们像赶大集一样，从四面八方三三两两往电影院拥去，影院门前人头攒动，可谓人山人海。

　　电影院很简陋。与其说是电影院不如说是一间大房子。座位不是独立的，更没有靠背和扶手，全是一排排水泥板，屋子的外面有围墙并留有一个大门。

每次放映前工作人员都要清场子，把那些不打算买票却又在院子里转悠的人统统赶出去。此时，检票的人已在门口把守，摆出如临大敌的阵势，个个都是绷着脸，一副铁面无私的样子。不时从入场的人流中拉出逃票的，多是半大孩子，大人一般丢不起脸面。工作人员并不恼火，往往拍一下脑袋说"小家伙，快回去向大人要钱买票"。我也有被拉出来的经历，并没有感觉到不好意思，只是觉得运气不好，因为我亲眼看见，本村与我同龄的三立和狗蛋都是钻入人家腋下混进去的。

　　实在混不进去，还有另一招。

　　影院四周都是土墙，我们这些孩子对哪里有豁口、哪里有洞早就了如指掌。每次悄悄翻过了墙或者钻过了墙洞，迅速混入人群，那种感觉和看电影一样刺激。但也偶有失败，有时刚钻过洞，便被逮住。那才叫丢人，众目睽睽之下，叫花子一样，被猛地一推，趔趄几步，满脸通红地站在那里，低着头，灰溜溜的，在同伴的嘲笑声中，又羞答答地站到门口，再瞅机会，永不气馁。

　　电影正在热映，而院外的人仍越聚越多，但售票的小窗口前已冷清很多，很少有人买票，即使有也是为了看下一场。大家大眼瞪小眼地议论着，什么时候开始放场子。我们总结出规律：每场电影快要结束时，验票把门的都会喊一声"放票了"。我猜想他们这样做有两个目的：一是让这些等待很久的人过把瘾，也是为了稳定情绪；二是让这些等待很久的人看后好宣传，以便吸引更多的人来观看。

　　"放票了！"这一声如福音，大家齐声欢呼，轰然而入，赶紧挤进去抢占有利地势，大家叫之"看尾巴电影"。其实，说白了，大家又何尝不想看完整的电影呢？之所以这样做，还是因为心疼那五毛钱罢了。

　　看尾巴电影时间的长短由检票者决定。他们撤离得早，尾巴电影便相对长些。有时候，检票者好像有意和想看尾巴电影的人较劲儿，离结束的时间只有十几分钟了，就是不撤，急得那些人一阵阵起哄，冷嘲热讽，俏皮话不断。现在想来，真有点像金庸小说里的丐帮。

看尾巴电影会给人留下许多遗憾。第二天，听人说内容如何如何好看、感人时，就如同看着别人吃山珍海味，自己只有流口水的份儿，干瞪眼。尽管如此，还是比一眼不看要强。

过去的电影结尾，多是大团圆。等到我们进去看时，或是夫妻团圆或是革命胜利了或是叛徒、特务被捉或是恶人被惩罚；都是扬眉吐气、大快人心的时候。这多少也影响了我以后的性格：处理事情，多看结局，不重过程。

走亲戚

　　走亲戚是彼此沟通有无、交流感情的最好方式，也是互相攀比较劲的一种需要。每年走亲戚的高峰期，当然是过年的时候。大家必须要把所有的亲戚都走一遍，年才算真正过完了。大年初二至正月十五都是走亲戚的时间。

　　走亲戚一般有个讲究，即先走至亲。比如，我因为没结婚就要雷打不动地先去姥姥家，而哥哥因为已经结婚就要先去丈母娘家。因为老家有个规矩：结婚不足三年的媳妇，大年初二必须要回娘家且要丈夫陪同，如有孩子也要带上，几乎是风雨无阻。

　　走亲戚总要带上礼品。在那个物质匮乏的年代，礼物很难多元化，通常也就是那么两三样，如白糖、糕点之类的东西，持续了多年。正是这样，造成几家亲戚之间将礼品换来换去，互相传递的情况，以至于后来有的礼品包装开始破损了，白糖甚至会撒落出来，糕点也会露出一角。年幼的我曾将露出头的点心悄悄抠出来吃掉解馋。

　　从大年初二起，走亲戚的人们便开始忙碌起来，村与村之间的小路上，到处都能看到人们带着礼物走亲戚的身影。

在众多走亲戚的队伍中，最引人注目的当数刚过门的新媳妇回娘家。因为是第一次，所以比较隆重，仅糕点、白糖之类的礼品就要带上几大包，还要有白酒、香烟、整鸡、整鱼、整羊、肋条肉等。总之，带的礼品越多，越说明新媳妇的婆婆家富裕和讲究。另外，还需要找一个助手，俗称"背篮子"。助手多是年轻力壮且没结婚的小伙子，这小伙子要么是新郎官的亲弟弟，要么是很要好的邻居，总之，年龄要比新郎官小。

大年初二一大早，新女婿穿戴整齐，整装待发，此时，左邻右舍的好事者已早早集聚在院子里看热闹，打探着带了多少礼物。

吃过早饭，在众人的目光中三人上路了……而新媳妇的娘家更是兴师动众：好多人已在门口翘首以盼恭候着，一到地方，大家便围拢过来，赶紧将带去的礼物接下来，寒暄声不绝于耳。看着满载而来的礼物，人们大都投来羡慕的目光，有的大声夸赞，有的窃窃私语。

中午饭娘家不但请来本村手艺最好的厨师，做上满满一大桌子美味佳肴，还要请上几位能说会道的陪客。这些人多为新媳妇娘家的兄弟，他们的首要任务是，想方设法让新客吃好、喝好，满意而归。

其次就是要让助手喝好，喝好就是多喝的意思。有个潜规则：新女婿可以少喝甚至不喝，而助手必须要喝好，但也不能酩酊大醉回不了家。有一年，邻居二大爷的新女婿来拜年，结果被几个陪客给灌醉了，只好住了下来，气得二大爷连说："丢人！丢人！"蹲在家门口手里握着旱烟袋"吧嗒吧嗒"吸闷烟。这下子成了村里的头条新闻，事隔几年，每逢过年人们仍当笑料提起。

去姥姥家也会受到欢迎。在我的记忆里，每年去姥姥家，姥姥都是早早地站在家门口拄着拐棍张望，看见我后便赶忙迎上来，抚摸着我的头喃喃地说："乖孩子，又长高啦……"如果哪年母亲没去，姥姥便会追问："你娘咋没来？"舅舅和妗子见了我也都会热情招呼："外甥，来啦……"

姥姥家的邻居见了我大多会招呼："袁孩，来啦……"相互嘘寒问暖，我还要代父母向他们问好。

吃过午饭，要与亲戚告别，往往会被热情挽留，这除了亲情还来自于客人带来的礼物。礼物究竟留下多少，带走多少，有很大的讲究。主人通常将客人带去的礼物留下一半，另一半还要还给客人，这是基本的规矩，也叫回礼。即便大家遵守了规矩，还是要来一番客套话。两人将一包并不值钱的礼品推来攘去，客人坚持要全留下，主人执拗地让带走一半，两个人各不相让，拉拉扯扯。干这事的大多是女人们，大老爷们要干脆得多，只是口头上说几句也就算了，只有女人们会斤斤计较，想着既不能亏了自己，也不能亏了客人。这些烦人的礼数，我完全不在行，每次都怕这最后的一个环节，总想赶紧离开。

快要回家时，舅舅总要给我压岁钱，这似乎成了惯例，从我有记忆起直至我十几岁为止。虽然每次只有一块钱，我却觉得很金贵。在那个年代，一块钱甚至比现在的一百块钱还管用。我每次都推辞，其他人在一旁便劝说："拿着吧，拿着吧！留着买本子、铅笔……"我便收下。回家后，不论多少都要交给父母保管，需要的时候再向父母讨要。

走亲戚原本是件高兴的事，可有时候也令人扫兴，那就是喝多了酒。

俗话说"酒后吐真言"，其实也不尽然，胡言乱语也是常事，为此，双方也常发生不愉快，或唇枪舌剑或大动干戈。更煞风景的是，喝醉了倒在回家的路上呼呼大睡，旁边除了有倒下的自行车和礼品外，甚至还有一堆污秽物。那几天里，村庄的上空总是弥漫着酒精的味道。

走亲戚的帷幕由此拉开了。屋梁上的肉、鱼也在一天天地减少，直到剩下铁钩子孤独地挂在梁上时，亲戚也都走完了。

送火神

正月初七送火神是老家的习俗。

父亲说，这一习俗由来已久且有传奇色彩。传说，正月初七这天，老天爷安排火神爷值班，不料天下火光四起，老百姓财物损失惨重。此后，老百姓纷纷烧香叩头祷告许诺，每年的正月初七这天都要送火神，为的是确保四季平安。

初七天未明，人们便将早已准备好的带有火神爷的图案纸画张贴在厨房里的风箱旁，以示敬意。我们称之为"灶头画"或"灶王爷"。

灶头画的内容与民间风俗信仰有着密切的联系，因而它的主题大都集中反映老百姓的心里愿望、对吉祥幸福的祈求和对传说中的火神爷的敬重。灶头画色彩鲜艳，对比强烈，以红、蓝、黑为基本色调，再加上其他颜色的点缀，看起来显得构图饱满，气氛紧张热烈，景物造型清晰。火神爷的形象极其夸张，令人赏心悦目。

初七下午，孩子们便开始紧张地扎火把。

首先取一根拖把杆粗细的棍子，然后在它周围捆绑麦秸、稻草秸等易燃物，里面还要间隔放上几个鞭炮。扎好后的火把约一米五长，粗细和开水瓶接近。

等天黑下来，孩子们便高高兴兴地举起火把，点着后，从家里跑出去，一直跑到村口。有的火把燃烧不够旺，于是在空中挥舞几下，便旺起来，还伴随着发出"啪啪"的鞭炮声。不知不觉大家就跑到另一个村子的村头，结果两个村子的孩子们便发生争执，理由是把火神送到了他们的村子，这样不吉利。

有一次，孩子王三立因此差一点与对方打起来，胆小怕事的我很害怕。为了不使事情闹大，我还是壮着胆子去斡旋，我开始与对方的孩子王套近乎"俺庄上的常立、海明……都与您庄上有亲戚"。我一口气说了四五个人的名字，对方的孩子王也一连说出几个与我们庄上有亲戚的名字，我赶紧接着做工作"咱都是亲戚又是邻庄，真犯不着打架……"就这样说说，套套近乎，双方也都消了气，高高兴兴地各自回家了。

未着完的火把不能带回家，必须就地扔掉。第二天，马路旁、壕沟里七零八落的火把躺在那儿，到处可见。

有一年的大年初二下雪了。

在幼年记忆里，那是新年的第一场雪，下得非常大，一天一夜没有停止。大雪伴随着凛冽的寒风漫天飞舞，呜呜作响，好似人在哭泣。

那天我正好在姥姥家走亲戚，姥姥说："看这天不知要下到啥时候呢？八成是老人家的去世惊动了老天爷（1976年共和国的三位伟人相继逝世），连老天爷都难过地哭啦……孩子，你也别走了，好不容易来一趟，再陪着姥姥待几天。"说完长长地叹了口气。那时，我哪能理解老人的心境，现在看来，姥姥的叹息表达了对伟人的深深怀念之情。

转眼间初七到了，我还在姥姥家住着，大雪还没有完全融化，屋檐下挂着长长的冰溜子，晶莹剔透，地面上、屋顶上还堆有大片大片的积雪。偶尔有几只出来觅食的小麻雀，在树上与地面之间来回翻飞，不时地叽叽喳喳叫上几声，只是那声音听起来似乎失去了往日的激情。

那天，我和表哥海龙一起送火神。我们一起欢快地跑了很远，路上的积雪已上冻，踩上去发出"咯吱、咯吱"的响声，我们尽情玩耍。后来，我俩将没有着完的火把扔在了路旁的一个麦秸垛上便回家了。

谁知出人意料的事发生了，火把不但没有熄灭而且把麦秸垛燃着了。第二天，舅舅家的邻居便在村子里骂街，这时我才知道闯了大祸，便不辞而别，灰溜溜地逃回家。不知内情的奶奶见面还跟我开玩笑："咋不恋姥姥家的肥锅台啦？"

下一年的春节，我没敢去姥姥家拜年。

都是火把惹的祸。

挑灯笼

"正月里来正月正，正月十五闹花灯。"这是句耳熟能详的歌谣，一个"闹"字凸显喜庆气氛。

元宵节始于汉代。徐州是汉高祖故里，汉文化发祥地，元宵节当然更富历史意义。元宵节当初是汉文帝为纪念"平吕"而设定的，将正月十五定为与民同乐日，京城里家家张灯结彩，以示庆贺。从此正月十五闹元宵，便成为普天同庆的民俗节日。元宵节是春节之后的第一个大节，意味着新年周而复始。各地元宵节习俗不同，闹法也就有所不同。

父亲回忆说，在他童年的时候，正月十五的晚上主要是看表演。吃过晚饭，村上的艺人便开始张罗起来，他们分工明确，紧张有序。有的舞龙灯，有的踩高跷，有的跑旱船，有的扭秧歌，还有狮子滚绣球等节目，精彩的表演赢得围观者阵阵掌声和喝彩。道具都是生产队出钱买的，参与表演者在几天前便忙活开了，尽管是无偿劳动，大家积极性仍很高而且很卖力。

在我的记忆里，正月十五的晚上，孩子们的主要活动就是挑起自己心爱的灯笼。那时的灯笼造型有很多：有圆形的、扁形的、正方形的、长方形的、圆柱形的，还有鸡、猪等动物形状的，真是五花八门。主体框架由高粱秸子制作而成，外面再糊上一层粉红色的透明薄纸或塑料布，上面还贴有装饰图案，最后安装一个手柄，就算完成了。说起来简单，其制作工艺还是比较复杂的，孩子很难独立完成，需要家长的帮助。其实，最简单的灯笼架子是用一个小木片，将细如铅笔的小蜡烛点燃后，把熔化的蜡水滴在木片上，趁热粘在上面即可。

那时，挑灯笼离不开蜡烛。蜡烛分为两种：一种是用模具铸造而成的"洋蜡烛"，通常有白、红两种颜色，细的如铅笔，粗的如大拇指，中间用棉线做成灯芯；另一种是用胡萝卜做成的"土蜡烛"，方法是截取胡萝卜较粗的一段并将其挖空，然后，放入猪油和棉线灯芯，这样便可当作蜡烛点燃，燃尽后仍可喂牲畜。我的童年究竟做了多少这样的土蜡烛，真的数不清楚。

还有一种面灯，是大人们用杂面混合在一起捏制而成的。形状如墨水瓶一样粗细，中间是空心的，放在锅内蒸熟；然后，将食用油倒进窝窝里，中间放入用棉线做成的灯芯。点着后，分别放在粮囤上、门梁上、茅厕的围墙上，还有鸡窝、兔子窝、猪圈、羊圈、家门前的粪堆上等地方。屋里屋外被照得灯火通明，那烛光如黄豆粒般大，在微风的吹拂下，上下跳动着，直至燃尽最后一滴油才熄灭，第二天，大人们便将这些面灯收集起来喂牲畜。

年龄稍长点的孩子还会找些年猪的蹄夹子，放进去一条棉花捻子，再放上点猪油就做成了猪蹄夹子灯，拿在手里为正月十五的灯火起到了点缀和补充的作用。

挑灯笼的时间是在喝过汤（吃完饭）之后。孩子们挑着灯笼走出家门，来到村头的小路上比赛，看谁的灯笼漂亮，看谁的灯笼燃烧时间长，看谁的灯笼燃烧得旺。年龄较小的孩子多由家长陪同，稍大点的孩子便独自挑灯笼。正在大家兴高采烈时，不知谁突然来个恶作剧，大叫"看！灯笼底下有条长虫（蛇）"。这时，如没有经验，便会急忙歪头去看个究竟，结果，蜡烛的火苗便将倾斜的灯笼烧着，因为火苗是朝上燃烧的。为此，好多孩子眼睁睁地看着自己的灯笼被燃着而号啕大哭。吃一堑、长一智的我，已不会上当，而是开始骗别人，为此，常常受到大人的嗔怪。

儿时我对于元宵节的认知基本上限于挑灯笼，后来，随着阅历的不断增加和知识的不断丰富，才知道元宵节的奢华、浪漫、狂欢和辉煌。比如辛弃疾的"东风夜放花千树。更吹落、星如雨。宝马雕车香满路。凤箫声动，玉壶光转，一夜鱼龙舞。蛾儿雪柳黄金缕。笑语盈盈暗香去。众里寻他千百度，蓦然回首，那人却在，灯火阑珊处"。还有欧阳修的"去年元夜时，花市灯如昼。月上柳梢头，人约黄昏后"等诗句。明月、花灯、香车、男人、女人，于是有了许多故事。今人虽然没有经历如此的灯火盛况，但依然快乐无比。

正月十五的夜晚，放眼望去，到处是灯的海洋，灯火通明，小小的村庄变得璀璨起来，处处洋溢着喜庆的气氛。烛光中，对联是红红的，灯笼照着的房舍也是红红的，孩子们的笑脸更是被映得通红，遮住灯火的小手也变得红通通的，那婆娑的烛光带给人们无限的遐想。

后来，乡村的集市上开始出现批量生产的灯笼。大多是用秫秸扎制而成，外表被糊上花花绿绿的玻璃纸，但是由于经济条件不好，购买者也是寥寥无几，正月十五的晚上挑起这样的灯笼，有种鹤立鸡群的感觉。

俗话说"纸里包不住火"，而灯笼却做到了这一点，原本易燃的纸，却偏偏将野性的火征服了。火在纸的包围中变得很温驯，这不能不说是一种微妙的组合。仔细想想，在现实生活中不也有类似的情况吗？不也能给我们带来一些感悟和思索吗？

灯笼最初的意义是照明，但在历史的发展长河中，作用也在演变，制作工艺也在变，由过去以纸为主，变成现在以纱、绸为主，蜡烛也变成了灯泡。批量化、工厂化、艺术化的灯笼取代了传统的灯笼。再也不怕会被风吹灭，再也不怕灯笼会烧着了，再也不怕蜡烛会燃完了。

时间在变，时代在变，灯笼的制作和款式在变，但其含义似乎不变。它在祖先手里亮过，在我们手里亮着，还会在无数后代手里亮下去。因为它会给人们带来更多的快乐，照亮美好的前程。

过完正月十五才算年味消然。一年之计在于春，春回大地，万物复苏，农人们趁着大好时光又开始为新年的丰收和期望忙碌起来了。

后记　永志不忘的故园

刘邦在《大风歌》中写道"大风起兮云飞扬。威加海内兮归故乡";江淹在《别赋》中写道"视乔木兮故里,决北梁兮永辞";柳宗元在《闻黄鹂》中写道"乡禽何事亦来此,令我生心忆桑梓";李白在《静夜思》中写道"举头望明月,低头思故乡"……多少游子和文人对故乡这一主题的反复吟唱和感怀,构成了中国特有的家国故乡情结。

这些都是名人眼里的故乡,我作为普通人,眼中的故乡又是什么样子的呢?面对渐行渐远的物事,面对那些正在抑或即将消失的东西,有一日我萌生了要写写自己故乡的念头,而且每个字都要写得真诚。因为,这一切都来自我的真实生活,不需要绞尽脑汁进行虚构。我所做的只是用质朴的语言还原生活的本真,没有时尚滑稽的语言,更没有无厘头。

回头看,世间难有不朽,文字也不例外。只有真诚地将自己的心灵与读者交流,才会拥有真正的温暖,才能得到读者对文字中不足的宽容,才能获得读者的鼓励乃至掌声……

我的故乡丰县人杰地灵,既是帝王之乡又是道教之源,布衣皇帝刘邦就出生在这里，道教创始人张道陵也是丰县人。

我的家乡为什么叫丰县呢？我查阅了不少资料，得出如下结论。

据《丰县志》记载，中华人民共和国成立初期，丰县赵庄镇邓庄村进行大型土方工程时，挖出许多骨针、磨制石器、灰陶器等文物。文字描述的文物类型属于典型的大汶口文化早期范畴。遗址虽然位于丰县城的北部约二十公里处，但仍然可以证明，距今大约六千多年前，家乡丰县已经进入史前文明时代。以此推算，在距今约一万年前，丰县已经有先民繁衍生息。

据文献记载，当时的丰夷部落属于东夷文化范围。商代之前的东夷属于炎帝部落。商周两代，丰人（即丰县人）属于东夷部落之一，即丰县先民形成的部落就是东夷之一的丰夷。

由丰夷部落过渡成丰国的诸侯国，在地域属性上是十分特殊的。丰县秦代属于泗水郡，联系世传古谚"先有徐州后有轩，唯有丰县不记年"，丰县当属于古徐州之地域。而丰县战国时属于宋魏，两汉丰县属于豫州刺史部，上溯则当属古豫州。北朝丰县则属于北济阴郡，推本而言，丰地则又属古兖州之域。所以明清县志上记载丰县或为徐州之域或为青兖之境，都有道理。

因此说，丰县在夏朝地处徐、兖、豫三州之间，自古形成了独特的地理区位。在历史进程中，丰地改隶频繁，直到今天，丰县虽然属于江苏省，但位置处于苏、鲁、豫、皖四省接壤处。

西周成王时期，殷商纣王的儿子武庚联合东夷商朝旧部反抗姬周的统治，于是成王派周公、召公等率兵攻伐这些商旧国并且打败了他们。此战争中，丰国不仅参与了反周而且还是其主要成员，说明当时的丰国具有一定的军事实力且不甘屈服于西周政权统治。虽然失败，但是丰国人不甘强暴压迫的精神一直影响着后人。后来，刘邦在家乡斩蛇起义就是这种精神的延续。

原来，丰县在商周时期曾经叫丰国！国王的名字叫丰般。般，是国君的字。

无论是丰人还是丰夷，再到后来的丰国、丰县，家乡为什么冠以"丰"字为名头呢？

今天的"丰"字是"豐"的简化使用。东汉许慎对豐字解释为"豆之丰满者也，从豆，象形"。豆，就是古代盛放酒肉粮食之类的容器。清代段玉裁在《说文解字注》中引申之"凡大皆曰丰"。可见，这个字的本义就是装满了稼禾谷物之类的礼器。这个字的形成从侧面反映出丰人丰地大约在炎帝神农氏时期已经进入农耕文明时代，而且丰人重视礼祀并感恩天地神灵，说明丰人是一个重视礼仪的族群，也说明丰国是一个重视祭祀的礼仪之邦，与今天"有情有义丰县人"的民风如出一辙。

人们常把中国的版图形状比喻成雄鸡。在我看来，整个江苏的版图就像一只刚刚爬上岸边的海龟，丰县所处的位置就在海龟的头上。从地理位置上看，老家属于暖温带半湿润季风气候。春风和煦，夏天炎热，秋天凉爽，冬天严寒，仿佛一个爱恨分明、刚柔相济的人。

去年，我带刚接到大学录取通知书的儿子回老家省亲，虽只是短暂停留，但已耳闻目睹到一种凄凉。

如今，村子里的人越来越少了，而且年轻人都不愿像老一辈固守田园，而是拼命地往城里挤，他们在繁华的城市里，以不同的方式生活着、打拼着，更多的人是靠着自己的体力营生。只剩下一些老弱病残者支撑着家，他们像初冬的树上挂着的几片残叶，已经禁不住风吹雨打。

曾几何时，村庄在夏秋两季，浓荫匝地，蝉鸣虫嘶，瓜果遍地，折柳为笛，人欢马叫。那时的村庄仿佛丰满的少妇，浑身散发着迷人的妩媚。那些土坯墙、柴草垛，还有家门口大树下的那头慢慢悠悠嚼草的老黄牛，清晨喔喔打鸣的公鸡，夜晚汪汪的狗叫声……可是这些美好的记忆已成为历史。

我知道，可能过不了多少年，袁庄就会消失了。因为新农村建设的步伐在加快，不久的将来，曾经生育养育我多年的老院子会随着大片土地的流转而荡然无存。村民都会搬进新居，他们再也不能斜倚着老柳树听暮蝉低吟；再也不能立在檐前看云卷云舒；再也不能喂养自己的家禽家畜了；再也不能……

　　想想人生和社会的发展，如梦如幻。果如斯，在外拼搏的人们及后代该到哪里去寻找自己的"根"？或许这些仅仅是我的怀旧情结使然。家园本就存在，不过是换了种方式。因为，对家园的思念是流淌在中国人血液中的基因元素，是永不消逝的根。

　　那片土地生育养育了我18个年头，故乡的一草一木都倾注了我的无限深情，虽然已离开30年了，但我仍深深地眷恋着它，它时时在我脑海或梦中浮现。我相信，人心是有发达根系的，这根会让身体无论行至何处，心灵依然归属于最初出发的地方，那里就是我深情眷恋的故乡。

　　记忆再好，也难以将那段历史复原，只能捡起若干记忆的碎片，费力地拼凑起来，通过我微不足道的文字，以散记的形式，从不同侧面和多个维度，用自然细腻的笔触，用白描的写法，将一草一木、一砖一瓦、一人一事，等等，建立起来，抒写刻肌刻骨的乡土情结，描绘出清新质朴的乡土风貌和风物人事。从美术学与写作学的角度来讲，内容难免过于写实。尽管如此，我还是努力将历史的阀门打开，尽可能原汁原味地记录下来，保持原生态，以年画般的朴实细腻，再现老家的细节之美，保留下许多鲜活有趣的人事景物；同时，将一些心灵的体悟、爱的芬芳以及人文遗韵的馈赠捡拾起来，洗去尘垢，奉献给所有热爱乡土、关注人文的读者朋友。

　　如今站在都市眺望乡村，已经觉得越来越遥远，有些陌生感。虽故乡不再依旧，但思念仍在心头。其实，故乡之于游子的人生，又何尝不是一个车站而已。而对于车站来说，所有人都只是过客，哪怕这个车站曾经让某人有过刻骨铭心的故事，哪怕它对于某人的命运有着至深至切的影响，哪怕它让某人日思夜想、魂牵梦绕，也只是一个过客，只能让它长存在记忆里，而不能占有它，更不能复制它，唯一能做的是让它尽量在文字里保持着过往的容颜。

记忆并非都与历史有关，但所有的记忆都将成为历史。我的这部文集也不例外，真心希望它能够成为人们了解中国农村，尤其是改革开放前后时期的素材。

不管记录得如何，我都怀着一颗感恩的心。因为没有那段经历，对于我来说，人生也许会失色，阅历也注定是一种缺失；没有那段经历，我的笔下也就没有这些文字；没有那段经历……因此，我非常感谢在乡下生活过的18年岁月，我整个的童年与青春，都交付给了那片充满生机的大地。那18年的生活阅历，也成为我创作的源泉和富矿，真的是感觉取之不尽，是我一生的精神财富。

故乡是什么？故乡是和煦的春风；故乡是夏天的扇子；故乡是绵绵的秋雨；故乡是冬日的小火炉。

总之，是根，是精神，是灵魂……

2018年12月完稿
2019年6月修订于彭城金山福地